»Boyz N the Hood« ist die Geschichte dreier Freunde, die in South Central, einem Farbigen-Stadtviertel von Los Angeles, aufwachsen. Gewalt und Todesgefahr sind auf den Straßen dieser Gegend eine alltägliche Bedrohung. Für die Kinder und die Jugendlichen gehört sie genauso zur Realität wie zerrüttete Familien, Drogensucht, Arbeitslosigkeit.

In diesem Stadtteil leben aber auch Menschen, die sich lieben, achten und füreinander einstehen. Als Tre Styles nach South Central zu seinem Vater kommt, findet er in der Nachbarschaft schnell Freunde. All diesen Jungen ist Tres Vater, Furious, der sich von niemandem etwas gefallen läßt, ein Vorbild. Furious' größte Sorge ist, seinen Jungen aus dem Teufelskreis von Gewalt und Kriminalität herauszuhalten, damit er eine echte Chance im Leben hat.

Als Tre und sein bester Freund Ricky Baker sich gemeinsam auf die Aufnahmeprüfung fürs College vorbereiten, spitzt sich der Druck »von der Straße« zu...

*Mike Phillips* stammt aus Guyana und kam 1955 im Alter von dreizehn Jahren nach London. Zunächst arbeitete er als Lehrer und Sozialhelfer für junge Schwarze und wurde später Zeitungs- und Rundfunkjournalist. Mittlerweile ist er auch als Hochschuldozent tätig.

Außerdem trat Mike Phillips als Krimiautor hervor; sein erster Roman wurde von der BBC verfilmt. Mike Phillips lebt in London und schreibt zur Zeit seinen dritten Kriminalroman.

*John Singleton*, dem Drehbuchautor und Regisseur, ist mit »Boyz N the Hood« der Durchbruch beim Filmpublikum und bei der Filmkritik gelungen. Der dreiundzwanzigjährige Singleton wuchs in South Central Los Angeles auf, der Gegend, in der dieser Film spielt und wo er auch gedreht wurde.

Daß er einmal Filmregisseur werden würde, stand für ihn fest, nachdem er als Jugendlicher »Krieg der Sterne« gesehen hatte. Bereits früh hat er die Bedeutung von guten Drehbüchern für gute Filme begriffen. Also konzentrierte er in der Ausbildung seine Hauptaufmerksamkeit darauf, belegte dementsprechende Universitätslehrgänge und gewann mehrere Preise. Immer wieder betont John Singleton in Gesprächen, wie sehr ihm die Geschichte von »Boyz N the Hood« am Herzen lag und wie er seine eigenen Erfahrungen für diesen Film verarbeitet hat.

# BOYZ N THE HOOD

Romanfassung von Mike Phillips
nach dem Drehbuch von John Singleton
Aus dem Englischen von Michael Strand

Fischer Taschenbuch Verlag

Deutsche Erstausgabe
Veröffentlicht im Fischer Taschenbuch Verlag GmbH,
Frankfurt am Main, Februar 1992

Die englische Originalausgabe
erschien unter dem Titel ›Boyz N the Hood‹
bei Pan Books Ltd., London 1991

Umschlaggestaltung: Manfred Walch, Frankfurt am Main
Umschlagfoto: © Columbia TriStar Filmgesellschaft mbH, München
Satz: Fotosatz Otto Gutfreund, Darmstadt
Druck und Bindung: Clausen & Bosse, Leck
Printed in Germany
ISBN 3-596-11316-4

# Prolog

Das Zimmer gehört einem kleinen Jungen. Auf dem Boden liegen ein Stapel Comics, ein paar Spielsachen und in der Ecke ein Football. An den Wänden hängen Poster von schwarzen Superhelden wie Luke Cage-Powerman, dem Black Panther, Falcon, Storm und Sir Nose. Dazwischen Poster von Parliament, Funkadelic und George Clinton. Tre liegt auf dem Bett und schläft den Tiefschlaf eines erschöpften Zehnjährigen. Es war ein großer Tag für ihn. Heute ist er bei seinem Vater eingezogen und hat den Großteil des Nachmittags mit Laubrechen auf dem Rasen vor dem Haus verbracht. Durchs offene Fenster wehen die Nachtgeräusche des Viertels herein, das Wupp-wupp von Hubschrauberrotoren, das Jaulen von Polizeisirenen und weiter entfernt Schüsse aus automatischen Waffen. Tre ist an diese Geräusche gewöhnt, denn in South Central Los Angeles ist so was bei Nacht normal. Außerdem ist er zu müde, um wachzubleiben. Der Fernseher in seinem Zimmer läuft immer noch; auf dem Bildschirm flimmert Schnee, und Ätherrauschen erfüllt den Raum. Doch nichts davon stört den Jungen.

Tre rührt sich nicht mal, als sein Vater, Furious, ins Zimmer kommt und den Fernseher abdreht. Furious ist ein großer Mann, über einsachtzig, mit breiten Schultern. Er ist durchtrainiert und bewegt sich ruhig und locker. Einen Moment lang betrachtet er Tres Profil und merkt immer noch etwas von der Freude, die er gespürt hatte, als die Mutter des Jungen es ihm ankündigte. Jetzt ist Tre endlich heil und sicher unter seinem Dach.

Leise weckt er den Jungen und sagt ihm, daß es Zeit ist, ins

Bett zu gehen. Dann verläßt er das Zimmer, um eine zusätzliche Decke zu holen. Tre steht langsam auf, zieht sich aus, kriecht wieder ins Bett, und bis Furious zurückkommt, um die Decke über ihn zu breiten, schläft er schon tief und fest.

Furious geht ans offene Fenster und macht es zu. Dann geht er seine Runde durchs Haus, kontrolliert alle Schlösser und schließt die Fenster. In der Küche wirft er einen Blick auf den Stapel schmutziger Teller in der Spüle und läßt es dann doch bleiben. Er ist eben auf dem Weg zu den Fenstern im Wohnzimmer, als er ein leises Geräusch hört, und er geht zurück zur Tür von Tres Zimmer. Tre schläft immer noch, das Gesicht ins Kissen gedrückt. Vielleicht hat er sich im Bett umgedreht, denkt Furious, oder sonst irgendein Geräusch gemacht, und er sieht den Jungen an und lächelt ein bißchen über sich selbst und die Art, wie Tres Anwesenheit im Haus seine Beschützerinstinkte geschärft, ihn sogar schreckhaft gemacht hat. Er ist sich des stolzen Lächelns auf seinem Gesicht wohl kaum bewußt, doch als er so dasteht, empfindet er ein neues Gefühl. Dieses Sich-Sorgen ist Liebe, denkt er. Er hat sich das so lange gewünscht, und nun ist er entschlossen, sein Bestes zu geben, um Tre zu einem Mann großzuziehen. Gedankenverloren steht er lange da und sieht Tre an, bis ihm fast die Augen zufallen. Er schüttelt sich, geht hinüber zu seinem Zimmer, tritt ein und legt sich hin. Ein paar Augenblicke später ist er eingeschlafen.

Die Geräusche aus der Nachbarschaft werden schwächer und schwächer. Gelegentlich rollt ein Wagen am Haus vorbei, der Motor ist fast nicht zu hören. Um zwei Uhr morgens ist die Straße in Stille gehüllt, wirkt wie ausgestorben.

Etwa um diese Zeit huscht ein Mann durch die Straße. Es ist zu dunkel, um sein Gesicht zu erkennen, doch er ist dünn und hat einen dunklen Sweater, billige Kordhosen und Converse-Turnschuhe an. Im Gehen schaut er nach links und rechts und mustert sorgfältig die Häuser. Er entdeckt das Fenster, das Furious vergessen hat zuzumachen, doch er geht erst langsam am Haus vorbei, ehe er kehrtmacht und darauf zugeht. Er sieht sich ein letztes Mal um, und eine Sekunde später ist er eingestiegen. Drin ist er zu nervös, um zu warten, und beginnt sofort das Wohnzimmer zu durchqueren. Dumm. Denn nach wenigen Schritten stößt er an den Couchtisch und krümmt sich vor Schmerz.

Schlagartig gehen Furious' Augen auf. Irgendwo im Hinterkopf bemerkt er, daß er beim Schlafen immer noch mit einem Rest von Wachheit auf ungewöhnliche Geräusche horcht, Risse im Muster der Nacht, wie früher in Vietnam. Er läßt sich auf die Knie fallen und tastet unter das Bett. Er öffnet den Schuhkarton, den er dort aufbewahrt, und nimmt eine .357er Magnum heraus. Hastig lädt er sie, seine Hände zittern nervös, als er die Patronen einschiebt.

Furious kann es nicht sehen, aber im Spiegel über ihm zeichnet sich der Schemen des Eindringlings ab. In der Dunkelheit sieht der Einbrecher Furious nicht, doch er hat irgendwie gemerkt, daß etwas im Haus sich verändert hat. Plötzlich hören sie beide eine Tür schnappen. Tre war aufgewacht und ins Bad gegangen. Er ist noch fremd im Haus, er kriegt nichts von den Vibrations mit, den kleinen Signalen, die ihm sagen könnten, daß was im Busch ist; also ist er in aller Ruhe ins Bad gegangen und hat die Tür hinter sich zugemacht.

Der Eindringling traut sich und bewegt sich von der Stelle, und Furious macht einen leisen Satz in den Flur, legt den Revolver an und entsichert. Der Eindringling reagiert sofort und saust auf die rettende Haustür zu. Furious springt um die Ecke und ballert drauflos, die Magnum donnert wie eine Kanone.

Im Bad fährt Tre von dem Lärm hoch. Dabei tröpfelt er sich Pipi auf die Beine, und es dauert eine kleine Weile, ehe er sich wieder beisammenhat und zum Eingang rennen kann.

In der Zwischenzeit nähert sich Furious vorsichtig der Tür.

Er hat zwei große Löcher hineingeschossen, den Einbrecher aber, der längst weg ist, verfehlt. Haus feindfrei.

Die Schüsse haben die Nachbarschaft aufgeweckt, und Furious hört in der ganzen Straße die Hunde bellen. Kontrolliert und ruhig geht er hinaus in den Vorgarten und zu der Stelle, wo er einen Turnschuh sieht, den der Einbrecher in der Eile verloren hat. Er hebt ihn auf, und Tre kommt aus dem Haus und stellt sich neben ihn. Automatisch langt Furious nach hinten, um dem Jungen einen Klaps auf die Schulter zu geben, eine beruhigende und beschützende Geste.

Eine Stunde später sind sie immer noch draußen, sitzen auf den Stufen zum Eingang und warten auf die Polizei. Tre ist ganz cool. Er hat wie immer so viel Vertrauen in die Kraft und Stärke seines Vaters, daß er nach dem ersten Schock fast gar keine Angst mehr hat. Furious weiß es besser, und der Schuh in seiner Hand erinnert ihn dauernd daran, daß er vor einer kleinen Weile beinahe einen Bruder getötet hätte. Er hält den Turnschuh hoch, sie besehen ihn sich nachdenklich.

»Irgendwer muß für den Idioten gebetet haben«, bemerkt Furious, »denn ich hab genau auf seinen Kopf gezielt.«

»Hättst 'n ihm wegblasen sollen«, sagt Tre.

Furious blickt seinen Sohn überrascht an. So fängt's an, denkt er sich.

»Sag nicht so was«, entgegnet er, »ich bin heilfroh, daß ich ihn nicht erwischt hab. Wär doch bloß ein toter Bruder mehr gewesen.«

Plötzlich fällt ihm auf, daß sie schon sehr lange warten und daß Tre längst wieder ins Bett gehört.

»Wo zum Teufel bleiben die Idioten? Wir warten schon fast eine Stunde.«

Im selben Moment kommt ein Streifenwagen die Straße heraufgerast, mit rot-blauem Blinklicht. Er parkt am Bordstein, und zwei Polizisten steigen aus. Als erstes fällt Tre das Emblem an der Wagentür auf, *Dienen und schützen.* Als nächstes sieht er, daß die Streifenwagenbesatzung schwarz und weiß ist, wie der Wagen.

»Officers Graham und Coffey«, stellt sich der Weiße vor. »Wir bekamen einen Anruf wegen einem Einbruch hier.«

»Das war vor einer Stunde«, sagt Furious.

Coffey ißt noch an einem Doughnut, und bei dieser Antwort quetscht er ihn in seiner großen Faust zusammen. Seine Augen blitzen vor Zorn.

»Das ham wir Sie nicht gefragt«, sagt er.

»Na, ich hab's Ihnen trotzdem gesagt«, gibt Furious zurück. »Außerdem mag ich nicht, daß mein Sohn hier draußen in der Kälte sitzt.«

»Was ist passiert, Sir?« fragt Graham. Er gibt sich ein bißchen höflicher als Coffey, und er wirkt, als wäre es ihm peinlich, daß sein Partner sich aufführt wie ein Arschloch.

»Jemand ist in mein Haus eingebrochen«, erzählt Furious ihm. »Ich hab mit mei'm Schießeisen draufgehalten, aber er ist davon.«

»Sie ham ihn nich erwischt?« feixt Coffey hämisch.

Furious nimmt ihn cool in den Blick.

»Wenn ja, würde er hier draußen vor Ihnen liegen.«

»Irgendwas gestohlen?« fragt Graham.

Furious schüttelt den Kopf und blickt immer noch Coffey in die Augen.

»Gut«, sagt der schwarze Bulle in demselben barschen Ton. »Brauchen wir kein Protokoll aufnehmen.«

Das Funkgerät fängt an zu quäken, und Graham dreht sich um, geht auf die Fahrerseite des Wagens und greift hinein, um den Anruf entgegenzunehmen. Coffey bleibt stehen, immer noch Auge in Auge mit Furious.

»Sie hätten ihn erwischen sollen«, sagt Coffey plötzlich.

»Wär ein Nigger weniger gewesen, um den wir uns hier kümmern müssen.«

Furious antwortet nicht. Er kämpft mit sich, ob er den Mann bemitleiden oder verachten soll, und Coffey weiß das auch. Plötzlich fällt der Blick des Polizisten auf Tre, und er grinst ihn freundlich an.

»Wie geht's uns so, kleiner Mann?«

Bei dem Gedanken, daß dieser Mann Tre anfaßt, überkommt Furious eine Welle von Ekel und Zorn, und er winkt seinen Sohn weg und starrt Coffey kalt ins Gesicht. Dann schüttelt er den Kopf, dreht sich um und beginnt die Stufen hinaufzugehen.

»Was nich in Ordnung?«

Beim Klang von Coffeys Stimme dreht Furious sich um und sieht ihm noch mal in die Augen. Die beiden Männer fixieren einander, bis Furious das Schweigen bricht.

»Ja«, sagt er, ohne sich die Mühe zu machen, seine Verachtung zu verbergen, »ja, allerdings. Ihr Pech, daß Sie nicht wissen, was.«

# 1

Wenn Tre an den Umzug in diese Gegend vor sieben Jahren denkt, fällt ihm gewöhnlich der Tag davor ein, denn in seiner Erinnerung hat es damals begonnen. Als er an jenem Tag in der Wohnung seiner Mutter in Inglewood aufwachte, war alles normal. Von draußen kann er die üblichen Morgengeräusche hören, Vogelzwitschern, Hundebellen, Autohupen. Um ihn herum sind die vertrauten Dinge, an der Wand die Poster, die er mit seiner Mutter zusammen aufgehängt hat, Spiderman, die X-Men, der Unglaubliche Hulk. Er hat eben erst die Augen aufgemacht, als seine Mutter reinkommt. Wie üblich bewegt sie sich zügig, und wie üblich ist sie heiter und fröhlich, schon voll da, sogar so früh am Morgen schon.

»Ich wünsch dir 'n guten Morgen!« singt Reva, während sie durchs Zimmer geht. »Ich wünsch dir 'n guten Morgen! Ich wünsch dir 'n guten Morgen! Zeit zum Aufstehen für dich!«

Schnell zieht sie die Jalousien hoch und läßt die Sonnenstrahlen büscheldick ins Zimmer fallen, ihm direkt ins Gesicht.

»Bin schon wach«, sagt Tre und drückt fest die Augen zu.

»Dann mach die Augen auf.«

Tre tut es.

»Gut! So ist es besser«, sagt Reva und richtet sich auf, bereit zum Weggehen. »Ich hab heute abend bis sieben Vorlesung, aber du bist bis um fünf daheim. Ich ruf an, um sicherzugehen. Vergiß nicht, die Zähne zu putzen, wasch dir's Gesicht und kämm dich. Auf dem Herd ist was zu essen für dich. Bye.«

»Bye«, erwidert Tre, der nun schon auf dem Bettrand sitzt, wenn auch immer noch schlapp und verschlafen.

Reva geht hinaus, und er kriecht wieder unter die Decke und

macht die Augen zu. Aber Reva kennt ihn zu gut, um ihm das durchgehen zu lassen. Einen Augenblick später geht die Tür wieder auf, und sie kommt rein, schlägt die Decke zurück und scheucht ihn aus dem Bett.

»Aufgestanden, Kleiner«, ruft sie.

Etwa eine Stunde später wartet Tre an einer Ecke in der Lawrence Street. Er blickt sich ungeduldig um, doch in der nächsten Minute schon stoßen drei andere Kinder zu ihm. Sie sind alle gleich alt, zehn Jahre, und alle in derselben Klasse. Trina und Keisha sind ungefähr gleich groß, doch der Unterschied in ihren Charakteren ist bereits augenfällig. Trina ist ein kleines Mädchen, das selbstbewußt und ein bißchen eingebildet wirkt, so als hätte sie schon eine eigene Wohnung. Keisha ist schüchtern und ängstlich. Bobby ist wieder anders. Er sieht aus und benimmt sich wie ein künftiger schwerer Junge, als hätte er die Halbwüchsigen aus den Gangs, die er auf der Straße sieht, genau beobachtet und sich alles sorgfältig eingeprägt.

Die Kids machen sich gemeinsam auf den Weg in Richtung Schule. Unterwegs läuft ein Rudel streunender Hunde an ihnen vorbei. Ständig auf der Suche nach Futter, stoßen sie im Laufen Mülltonnen um und stöbern sie durch.

»Was is, Tre?« fragt Bobby. »Haste deine Hausaufgaben gemacht?«

»Was für Hausaufgaben?« antwortet Tre. »Ohne Schmu: ja. Ich hab sie.«

»Kann ich von dir abschreiben?« bettelt Bobby.

»Scheiße, nein«, sagt Tre unbarmherzig. »Dein Pech, hättst se selber machen sollen.«

Bobby starrt ihn wütend an, doch Trina, die die Spannung spürt, wechselt taktvoll das Thema.

»Habt ihr alle das Schießen letzte Nacht gehört?«

»Jaa, ich hab's gehört«, sagt Tre. »Ich bin unters Bett.«

Bobby wirft ihm einen verächtlichen Blick zu.

»Angsthase.«

»Meine Mama sagt, auf 'ner Kugel steht kein Name«, erklärt Trina in milde tadelndem Ton.

»Ich hab keine Angst, daß mich wer anschießt«, prahlt Bobby. »Meine Brüder ham se alle beide angeschossen, und leben tun se immer noch.«

»Glück gehabt«, sagt Tre, um noch mal auf ihn hinzuhacken.

Einen Moment lang gehen die Kids schweigend weiter. Dann bricht Bobby das Eis.

»Wollt ihr alle ma was sehen?«

»Was?« fragt ihn Tre.

Alle bleiben stehen und starren Bobby an. Der übt sein leeres, kaltes Gangstergesicht und starrt zurück.

»Was, sag ich nich«, sagt er. »Wollt ihr's nun sehen oder nich?«

Alle nicken. Ohne ein Wort dreht Bobby sich um und führt sie an der nächsten Ecke in eine Gasse, die mitten durch den Block verläuft. Die Gasse entlang liegt eine lange Reihe von Garagen. In jedem Tor stapelt sich Müll, Abfall aus dem täglichen Leben der Leute, bis an die Decke hoch. Ein Haufen ist mit gelbem Plastikband abgesperrt, auf dem steht: KEIN ZUTRITT. Dahinter noch mehr streunende Hunde, sie beschnüffeln und belecken den Boden. Tre brüllt sie an und fuchtelt mit den Armen, und sie trollen sich, ein oder zwei davon knurrend und zähnefletschend. Während dessen zieht Bobby das Band weg und führt sie zu dem Müllhaufen.

»Was willste uns denn zeigen?« fragt ihn Tre. »'nen Haufen Fischköpfe?«

Bobby wirft ihm einen drohenden Blick zu.

»Ich weiß, wer letzte Nacht die Schießerei gemacht hat.«

»Jahaa! Jahaa!« ruft Tre laut. »Ab mit euch.«

Bobby zieht das Band hoch. Tre runzelt die Stirn und schubst mit dem Fuß ein paar Mülltrümmer beiseite; dabei legt er einige Blutflecken frei, Abfall mit Blut drauf. An mehreren Stellen klebt auch eine graue Masse darauf. Die Mädchen halten vor Entsetzen den Atem an. Keisha, die empfindlicher ist als Trina, schreckt vor dem Anblick zurück. Tre sieht gleichgültig hin. Es ist ein vertrauter Anblick.

»Is das Blut?« fragt Trina. »Was is passiert?«

»Was glaubste wohl!« sagt Bobby sarkastisch. »Abgeknallt ham se einen! Guck mal auf die Löcher in der Wand. Was bist du blöd!«

»Wenigstens kenn ich meinen Stundenplan.«

Auf diese Stichelei weiß Bobby keine Antwort, und Trina wendet sich cool an Tre.

»Sieh mal, warum wird das Blut gelb?«

»Das passiert, wenn sich das Plasma absetzt«, erklärt Tre.

»Was is Plasma?« fragt Bobby und versucht, sich wieder ins Gespräch einzuschalten, doch Trina und Tre ignorieren ihn.

»Können wir jetzt gehen?« sagt Keisha.

Sie ist von der Gruppe abgerückt, und sie hat angefangen zu weinen. Doch Trina ist noch nicht zu Ende.

»Was ist das graue Zeug?«

»Das ist sein Hirn«, sagt Tre.

Jetzt beginnt Keisha noch lauter zu weinen. Sie rennt durch die Gasse davon. Tre läuft ihr nach. Doch er holt sie erst ein, als sie schon weit unten in der Gasse ist; sie wird langsamer und krampft sich an einem Garagentor zusammen. Jetzt schluchzt sie laut auf und weint ungehemmt weiter. Tre geht hin und legt die Arme um sie.

»Nicht weinen, Keisha«, sagt er so tröstend, wie er nur kann, und möchte sich selber eine runterhauen, weil er nicht daran gedacht hat.

»Ich ... ich ... Mein' Bruder ham se erschossen«, schluchzt Keisha hilflos.

Trina und Bobby kommen dazu.

»Was hat sie denn?« fragt Bobby.

»Ihren Bruder ham se letztes Jahr abgeknallt«, sagt Tre zu ihm, mit einem Blick, der den anderen Jungen warnt, jetzt nur ja nichts Dämliches zu sagen.

Aber diese Neuigkeit läßt selbst Bobby verstummen, und die drei Kids stehen einen Augenblick lang da, hören Keishas Weinen zu und warten ab, bis sie sich wieder beruhigt, so daß sie zur Schule können.

Eine Stunde später sind sie alle in Mrs. Olafs fünfter Klasse. Wie alle Klassenzimmer für die Fünfte sind die Wände mit Malereien und Zeichnungen der Kinder vollgehängt. Thema: Der Alltag in South Central L. A. Aber auf diesen Bildern sieht es aus wie in Beirut. Auf den meisten sind Begräbnisszenen, Helikopter, Bandengraffiti, Würfelspieler beim Spielen, Streiten, Den-Laden-kurz-und-klein-Schießen, tolle Schlitten von Dealern, Mercedes, Cadillacs, Limousinen mit getönten Scheiben. Auf einer Zeichnung steht dramatisch in großen Buchstaben: MACHT MEHR FRIEDEN.

Mrs. Olaf, eine magere, blondhaarige weiße Lady Anfang dreißig, hält eben eine Geschichtsstunde, den Zeigestab in der Hand. Sie hat ständig einen unzufriedenen Ausdruck im Gesicht. Ihren Schülern gegenüber trägt sie eine begönnernde Art zur Schau. Die Schüler sind alle Schwarze oder Latinos, und mit der Gewitztheit von Kindern, die Vorurteile fast reflexhaft erfassen, begreifen sie, daß die Herablassung der Lehrerin ihnen gegenüber zum Teil daher kommt, daß sie unzufrieden mit ihrer eigenen Stellung im Leben ist. Die meisten Kinder sind still oder passen auf, doch Tre träumt vor sich hin und zeichnet ein Bild eines schwarzen Superhelden namens Blackman, mit schwellenden Muskeln und einem riesigen B auf der Brust.

»Und deshalb also«, erklärt Mrs. Olaf, »feiern wir Thanksgiving, zum Gedenken an die Eintracht zwischen den Indianern – ups! – den eingeborenen Amerikanern und den ersten weißen Siedlern, die wie heißen ...? Alle?«

Die Klasse kennt ihre Rolle, und die Kids sagen im Chor: »Die Pilgerväter.«

»Jawohl, die Pilgerväter.«

Tre blickt nicht von seiner Zeichnung auf, doch nachdem die Lehrerin zu Ende gesprochen hat, gibt er seinen Kommentar dazu.

»Die Pinguinväter.«

Für einen Moment ist Mrs. Olaf schockiert.

»Wer hat das gesagt?«

Die Klasse lacht und zeigt auf Tre.

»Mr. Styles.«

Tre blickt auf.

»Das bin ich.«

»Wie kommt es nur, daß du immer einen Witz reißen mußt?«

Kurioserweise hätte Mrs. Olaf darauf wirklich gern eine Antwort. Sie hat andauernd das unbehagliche und frustrierende Gefühl, daß Tre intelligenter ist, als sie weiß, und sie würde gern zu ihm durchdringen, doch seine Art ist es, sie zurückzustoßen, abzublocken.

»Weil ich 'n Komiker bin«, gibt er zur Antwort.

Die Klasse lacht, und Tres Lippen verziehen sich zu einem Lächeln voll heimlicher Befriedigung. Typisch, denkt Mrs. Olaf, und hoffnungslos. In ein paar Jahren wird er auf der Straße herumlaufen und Leute ausrauben und zusammenschießen. Mit Mühe beherrscht sie sich.

»Möchtest *du* vielleicht den Unterricht übernehmen?« sagt sie sarkastisch.

Die Klasse macht ›Oh!‹ bei dieser Herausforderung.

»Ja, kann ich schon«, sagt Tre lässig.

Mrs. Olaf bleibt die Luft weg. Sie hat vorgehabt, Tre mit ihrer Replik zusammenzustauchen, doch nun ist die einzige Art, das Gesicht zu wahren, die Sache durchzuziehen.

»Na sehr schön, komm hierher und mach du den Lehrer.«

Tre geht cool nach vorn zur Landkarte. Ganz in der Nähe sitzt Bobby. Offensichtlich ist er eifersüchtig. Tre hat die Aufmerksamkeit der ganzen Klasse auf sich gezogen. Um die Situation voll auszureizen, deutet Tre auf den Zeigestab.

»Kann ich den haben?«

Er setzt zum Sprechen an, doch Mrs. Olaf stoppt ihn.

»Was wird die Grundlage deines Vortrages sein?«

»Was?« fragt Tre, völlig perplex.

Mrs. Olaf artikuliert sorgfältig.

»Worüber wirst du sprechen?«

»Das werd ich Ihnen sagen«, erwidert Tre, »wenn Sie mich reden lassen.«

»Schieß los!«

Die Klasse lacht.

»Okay. Na dann«, sagt Tre, »weiß irgendwer, wie diese Gegend heißt?«

Mit dem Zeigestab deutet er auf den afrikanischen Kontinent.

»Das ist Afrika, das weiß ich«, sagt Trina.

»Stimmt, das ist Afrika«, entgegnet Tre. »Aber habt ihr gewußt, daß es in Afrika war, wo sie den ersten Menschen gefunden haben?«

»Jaa«, sagt Bobby. »Weiß ich. Ich hab's mal in 'nem Lied gehört.«

Tre macht weiter.

»Mein Daddy sagt, daß es deswegen der Ort ist, von wo alle Menschen abstammen, das heißt, in Wirklichkeit ist jeder aus Afrika.«

Tre fuchtelt mit dem Zeigestab herum.

»Jeder, ihr alle da, jeder.«

»Ich bin nich von Afrika, ich bin von der Crenshaw-Mafia«, sagt Bobby laut.

Er macht ein Bandenzeichen.

»Ob's dir paßt oder nicht, du bist aus Afrika«, erklärt Tre ihm unbeirrt.

»Ich bin nich aus Afrika«, ruft Bobby. »Du bist aus Afrika! Du afrikanischer Hinterngrabbler.«

Die Klasse lacht. Tre ist blamiert. Seine Mutter hat ihm beigebracht, daß es unappetitlich ist, sich in der Öffentlichkeit am Hinterteil zu kratzen, und er tut es nie. Er wahrt sein Gesicht, indem er einigen von den Lachern einen bösen Blick zuwirft. Sofort sind sie still.

»Du Penner, ich werd dir gleich in 'n Arsch treten«, sagt Tre.

Mrs. Olaf erkennt, daß die Situation außer Kontrolle zu geraten droht, und schreitet ein.

»Aber, aber, Jungs, jetzt holt ihr mal tief Luft und zählt bis zehn, wißt ihr noch?«

Die beiden Jungen ignorieren sie. Die Spannung zwischen ihnen lodert hoch. Die Klasse hält den Atem an.

Bobby ist aufgestanden und baut sich unmittelbar vor Tre auf.

»Ich hol mein' Bruder, daß er dir's Gesicht wegschießt.«

»Hol du dein' Pennarsch von Bruder, blödes Luder, dann hol ich meinen Daddy. Ich hab wenigstens einen, du Motherfucker.«

»Ich bin von niemand das Luder«, brüllt Bobby zurück, blind vor Wut. »Du bist 'n blödes Luder! Blödes Luder! Dein Daddy ist 'n blödes Luder, deine Mami is 'n Luder! Blödes Luder!«

Plötzlich zieht Tre Bobby mit dem Zeigestab eines über. Dann gehen sie kopfvor aufeinander los. Mrs. Olaf versucht, sie auseinanderzuzerren, während die übrige Klasse im Aufruhr ist und den einen oder anderen anfeuert.

»Aber, aber, aber! Beruhigt euch!« ruft Mrs. Olaf.

»Nimm die Finger von mir, blödes Luder!« schreit Tre sie an.

Mrs. Olaf wird krebsrot im Gesicht. In ihren Augen steht die Angst, und sie weicht hastig zurück. Die Schüler werden mit einem Mal still; sie wissen nicht genau, was sie da eben gesehen haben, aber eines wissen sie: daß Tre sich in was reingeritten hat.

Reva ist nicht überrascht, einen Anruf von Mrs. Olaf zu bekommen, obwohl sie gehofft hat, daß Tres Benehmen in letzter Zeit nur als Trotzphase zu betrachten war und daß er sich von nun an aus Raufereien und Streit raushalten wird. Doch der herablassende Ton in der Stimme der Lehrerin ärgert sie mehr und mehr, und sie versucht mühsam, sich zurückzuhalten.

»Nun, es ist durchaus nicht so, daß Tre ein aussichtsloser Fall wäre, er ist ein hochintelligenter kleiner Junge«, sagt Mrs. Olaf.

»Und Sie sind eine sehr scharfsichtige Frau«, antwortet Reva trocken.

»Danke«, erwidert Mrs. Olaf, ohne den Sarkasmus mitzukriegen. »Wie ich eben sagte, er ist hochintelligent, und sein Wortschatz ist enorm, es ist nur so ...«

Sie senkt ihre Stimme.

»Ja, und weiter?« sagt Reva und fragt sich, worauf Mrs. Olaf hinauswill.

»Es ist nur so, daß er so aufbrausend ist. Das macht es ihm schwer, mit den anderen Kindern auszukommen. Vielleicht darf ich Ihnen eine Therapie empfehlen, oder einen Kinderpsychologen oder so was.«

»Nein, danke« sagt Reva. »Wir kommen auch so zurecht.«

»Gibt es zu Hause irgendwelche Probleme?« bohrt Mrs. Olaf weiter. »Haben Sie Arbeit?«

Reva ist jetzt innerlich schon am Kochen über die Impertinenz der Frau. Doch sie beherrscht sich.

»Das geht Sie zwar nichts an«, sagt sie, »aber da Sie schon mal fragen, ich habe Arbeit und ich studiere, um meinen Magister zu machen.«

Die Überraschung in Mrs. Olafs Stimme ist klar herauszuhören.

»Also sind Sie eine gebildete Frau.«

Reva reicht's.

»Hören Sie mal, reden wir über mich oder meinen Sohn?«

Mrs. Olaf hat die Warnsignale mitbekommen und versucht einzulenken. »Entschuldigung. Na dann, ich freu mich jedenfalls, Tre am Donnerstag wieder im Unterricht zu sehen. Sein Ausschluß gilt ja nur für drei Tage, Sie wissen.«

Darauf hat Reva nur gewartet, und sie sagt es mit Bedacht, läßt die Lehrerin voll auflaufen.

»Nein, ich glaube nicht, daß Sie Tre noch sehen werden.«

»Und warum nicht, wenn ich fragen darf?« fragt Mrs. Olaf verwirrt.

»Weil er in Zukunft bei seinem Vater leben wird.«

»Seinem Vater.«

Wieder diese beleidigend unverhohlene Überraschung.

»Ja. Seinem Vater«, wiederholt Reva und gibt ihren Worten eine gehässige Schärfe. »Oder haben Sie geglaubt, wir machen unsere Babys im Alleingang?«

Ohne Mrs. Olaf die Möglichkeit zu einer Antwort zu geben, knallt sie den Hörer hin. Sie ist derart wütend, daß sie gar nicht gemerkt hat, daß Tre hereingekommen ist, den letzten Teil des Gesprächs mitangehört hat und jetzt grinsend dasteht.

»Hast du's ihr gegeben, Mami?«

Reva wirbelt zu ihm herum.

»Wie war unsere Abmachung?« sagt sie. »Was haben wir schriftlich vereinbart?«

Sie geht zum Kaminsims, nimmt mit spitzen Fingern ein Blatt Papier und zeigt es ihm. Dann liest sie laut vor:

»Ich, Tre Styles, im Vollbesitz meiner körperlichen und geistigen Kräfte, verpflichte mich für das restliche Schuljahr, mich nicht mehr auf Streitigkeiten, ob handgreiflich oder mit Worten, einzulassen. Wenn ich mich nicht an diese Abmachung halte, werde ich zu meinem Vater, Mr. Furious Styles, umziehen. Unterschrift Tre Styles.«

Sie sieht genauer hin.

»Du mußt deine Handschrift verbessern.«

Tre seufzt und senkt den Kopf. Diesmal, das weiß er, meint sie es ernst, und ihm schwant, daß sein Leben vor einer großen und schwerwiegenden Veränderung steht.

# 2

Tags darauf fährt Reva Tre über den Crenshaw Boulevard zum Haus seines Vaters. Tre sieht sich neugierig das Treiben auf dem ›Strip‹ an, doch Reva ist in Gedanken versunken, todernst und den Tränen nahe.

»Ich möchte nicht erleben, daß du irgendwann auf dem Friedhof oder im Gefängnis oder betrunken vor irgendeinem Schnapsladen endest«, sagt sie. »Verstehst du mich?«

Tre nickt langsam. Er hat so was zu oft gesehen, um nicht zu verstehen.

»Ich liebe dich«, sagt Reva. »Du bist mein einziges Kind.«

Über Tres Wangen beginnen Tränen zu kullern. Erst kommen sie langsam, doch dann reichlich. Reva steuert den Wagen an den Straßenrand und schließt ihn in die Arme.

Wenig später fahren sie die High Point Avenue entlang. Tre schaut immer noch ernst, doch er hat sich jetzt unter Kontrolle. In der Straße ist es ruhig. Ein paar Anwohner sind draußen vor ihren Häusern beim Rasensprengen, andere sitzen auf ihren Veranden und lassen die Welt an sich vorüberziehen. Eine der Hauptattraktionen der Straße ist unter anderem ein Haufen von acht Jungen, die auf der Fahrbahn Football spielen. Darunter ist Ricky, den Tre kennt, doch Ricky ist eben zu beschäftigt, ihn zu bemerken.

Ein Stück weiter unten fährt eine andere Gruppe von Kids Skateboard. Einer von ihnen ist Dough Boy, ein kräftiger, untersetzter Junge mit honigfarbener Haut, der Anführer des Haufens. Als Tre ihn sieht, winkt er, und Dough Boy winkt zurück und rollt auf seinem Skateboard dann hinter dem Wagen her.

»Wer ist das?« fragt Reva, aufmerksam geworden.

»Mein Freund«, antwortet Tre, den Blick noch immer auf Dough Boy und seine Bande gerichtet. »Wir sagen Dough Boy zu ihm.«

Er fühlt sich schon besser, denkt Reva, als sie vor dem Haus von Furious Styles den Wagen anhält, und im Moment weiß sie nicht recht, ob sie froh sein oder ob es ihr leid tun soll.

Als der Wagen hält, blickt Furious vom Laubrechen im Vorgarten auf und kommt an den Bordstein. Er ist groß und sieht gut aus, um die dreißig, mit großen braunen Augen, wie eine größere Ausgabe von Tre. Er steckt den Kopf durchs Autofenster hinein.

»Wie geht's dir?« begrüßt er Reva.

»Gut. Und selber?«

»Ich lebe«, sagt er leichthin, doch es liegt ein ernster Unterton darin. »Das genügt mir.«

Reva nickt. Sie hat immer noch was für Furious übrig, doch beide wissen, daß es vernünftig wäre, in dieser Situation so cool wie möglich zu bleiben.

»Also, hier ist er.«

Tre äugt noch immer nach der Bande und guckt an seinem Vater vorbei.

»Kannst du nicht hallo sagen?« fragt Furious.

Tre sieht seinem Vater zum ersten Mal ins Gesicht und lächelt. »Hallo, Daddy.«

Furious wird ganz väterlich milde.

»Na, lauf schon und red mit deinen Freunden.«

Tre hopst aus dem Wagen, zerrt seinen Koffer heraus und stellt ihn auf dem Rasen im Vorgarten ab. Dann geht er zu Dough Boy rüber, während sich Furious auf den Beifahrersitz setzt.

»Nun, da ist dein Sohn«, sagt Reva. »Du wolltest ihn. Jetzt hast du ihn.«

»Wieso geht das von dir aus auf einmal so glatt?« fragt Furious. Er hat noch all die Gelegenheiten im Kopf, als sie zu ihm sagte, sie könnte sich nie von ihrem Sohn trennen.

Reva seufzt nachdenklich.

»He, es ist so, wie du gesagt hast. Ich kann keinen Mann aus ihm machen. Das ist dein Job.«

Reva zwingt sich ein Lächeln ab und sieht durchs Fenster zu Tre, der sich mit Dough Boy und den anderen Jungs unterhält. Der kleinste fällt ihr auf; er hat das Haar mit Gel zu einer Welle frisiert und hübsche regelmäßige Züge. Ihr fällt auch auf, daß Tre noch immer mit einer Spur von Traurigkeit im Gesicht zum Wagen hersieht. Falls es den anderen Jungs auch auffällt, so lassen sie sich jedoch nichts anmerken.

»Ja, ich kann mich an dich erinnern«, sagt Chris, der Junge mit der Haarwelle, zu Tre. »Du sammelst doch all die Comics. Wohnst du jetzt hier?«

Tre nickt und beobachtet, wie seine Eltern im Hintergrund miteinander reden.

»Sammelst du etwa immer noch Comics?« sagt Dough Boy verwundert. Er läßt seine Freunde seinen erstaunten Blick sehen. »Junge, der Irre hat mehr Comics als irgend so'n Motherfucker.«

Tres Blick fällt hinter den Wagen auf Ricky, der eben einen Paß spielt, und darum ist er genau in dem Moment abgelenkt, als Furious aus dem Wagen steigt und Reva zu ihm rüberwinkt.

»Tre! Komm her«, ruft sie, als sie merkt, daß sein Blick anderswohin fixiert ist. Tre wendet sich zu ihr und startet in Richtung Bordstein; er ruft Dough Boy hinter sich zu: »Paß auf mein Zeug auf.«

Tre geht auf die Fahrerseite, wo seine Mutter sitzt, und in diesem Augenblick kommt Ricky rückwärts auf sie zugelaufen, um einen Paß anzunehmen. Er sieht sich nach Tre um und grinst.

»Was gibt's, Tre?«

Tre winkt eifrig.

»Was gibt's, Rick?«

Reva beobachtet all das sachlich.

»Na, sieht aus, als hättest du alle deine Freunde hier«, sagt sie.

Tre nickt.

»Wann holst du mich wieder ab?« fragt er.

»Wann immer du willst«, antwortet Reva. »Ruf einfach an.«

Sie meint es so, doch Tre weiß, wenn er jetzt, wo er eben hergezogen ist, darum bittet, wieder zurück zu dürfen, jedem seiner Eltern auf eine Weise weh tun und ihnen allen das Leben schwer machen würde. Aber er ist trotzdem froh, sie das sagen zu hören. Reva beugt sich heraus und gibt ihm einen Kuß; lange drückt sie ihre Lippen an seine Wange. Dann sieht sie ihn ernst an.

»Hör mal«, sagt sie, »das ist nur vorübergehend. Wenn ich erst mit der Uni fertig bin, krieg ich einen besseren Job und eine bessere Wohnung, vielleicht ein Haus, und dann kannst du zurückkommen und alles wird besser sein, okay?«

»Okay, Mami«, sagt Tre.

Reva streichelt ihn ein letztes Mal und fährt dann los. Tre sieht sie wegfahren, und zum ersten Mal in seinem Leben fühlt er sich allein. Er dreht sich langsam um und geht zurück auf den Rasen, wo sein Vater mit Dough Boy und Chris redet.

»Einen geschäftlichen Vorschlag?« fragt Dough Boy eben zweifelnd, als Tre dazukommt.

»Genau«, sagt Furious. »Fünf Dollar für den ganzen Rasen. So, daß kein Blatt mehr rumliegt.«

»Fünf Dollar«, sagt Chris lachend. »Das is 'n Dreck. Da krieg ich mehr fürs Nixtun.«

»Was nix?«

»Er arbeitet für seinen Onkel«, sagt Dough Boy hastig dazwischen und wirft Chris einen warnenden Blick zu.

Furious bemerkt es, doch er fragt nicht weiter.

»Das is Pech«, sagt er. »Kann ja auch meinen Sohn dafür nehmen.«

»Für was?« fragt Tre.

»Das Laub vom Rasen rechen.«

Tre sieht seinen Vater an, als wäre er übergeschnappt. Doch Furious blickt streng auf den Jungen herunter und läßt ihn spüren, daß es ihm ernst ist.

»Junge«, erklärt er unmißverständlich. »Sieh mich bloß nicht komisch an, wenn ich dir sag, daß du was tun sollst.«

Er reicht ihm den Rechen.

»Da am Boden sind zwei Müllsäcke.«

Er schnappt sich mit einer Hand Tres großen Koffer und macht sich auf den Weg ins Haus.

»Bis später.«

Die Jungs sehen ihm nach, und der erste, der was sagt, ist Dough Boy.

»Verdammt«, sagt er. »Dein Daddy is gemein. Der is ja schlimmer als der böse Mann. Jetzt kannste das ganze Laub da machen. Wer glaubt er, daß du bist? Kunta Kinte?«

Chris weiß zwar nicht, wer Kunta Kinte ist, aber er weiß, daß es was mit Sklaverei zu tun hat, und wenn er sich Tre mit dem Rechen in der Hand so anschaut, denkt er, daß Dough Boy recht hat. Zeit zu gehen.

»Na dann, seh'n uns später«, sagt er.

Die beiden Jungen ziehen los, die Straße hinunter.

»Was meinst du mit der böse Mann?« sagt Chris im Gehen zu Dough Boy. »Es gibt kein bösen Mann.«

»Halt die Klappe, Idiot«, schnappt Dough Boy zurück. »'s gibt ihn doch.«

Das letzte Wort hat Chris.

»Und wenn's ihn gibt, wetten, daß Hulk ihm den Arsch versohlen könnte.«

Ihre Stimmen werden leiser, je weiter sie die Straße hinuntergehen, bis Tre nicht mehr hören kann, was sie sagen.

»Jaja, bis später«, murmelt er. Als er den Rechen ansetzt, fragt er sich noch, ob er das jeden Tag wird machen müssen, doch im Augenblick hat er keine Chance, seinem Vater nicht zu gehorchen, und drum bückt er sich und macht sich an die Arbeit.

Es wird Abend, ehe Tre fertig ist. Bis dahin hat er zwei riesige Säcke Laub eingesammelt. Als er ins Haus geht, ist es fast schon Zeit zum Essen, und Furious ist dabei, es anzurichten. Tre wirft einen Blick in die Küche, und das Herz rutscht ihm in die Hose, als er daraufkommt, daß es womöglich sein Job sein wird, nachher sauberzumachen. Der Boden ist nicht gekehrt, und in der Spüle stapelt sich haufenweise schmutziges Geschirr.

Furious scheint die Unordnung nicht aufzufallen, und er schiebt sich an Tre vorbei, um drei Tiefkühlmenüs aus dem Herd zu nehmen, eines für Tre, zwei für sich selber.

»Geh dir die Hände waschen«, sagt er.

Im Badezimmer wäscht Tre sich die Hände. Dann, aus Neugier, zieht er den Duschvorhang auf, um sich die Badewanne anzusehen. Sie sieht noch schlimmer aus als die Küche. Ein dicker schwarzer Rand aus altem Dreck und abgeschilferter Haut läuft rundherum, und als er sich das anschaut, schüttelt Tre vor Scham den Kopf.

Als er zurück in die Küche kommt, ist Furious mit dem ersten Tiefkühlmenü fast fertig und dabei, mit dem zweiten anzufangen. Tre setzt sich und neigt den Kopf, um zu beten, wie er es immer tut, während Furious ihn beobachtet; ein seltsames Lächeln zieht dabei über sein Gesicht. Er wartet, bis Tre mit seinem Gebet fertig ist, ehe er spricht.

»Normalerweise koche ich richtig«, sagt Furious. »Aber ich hatte vor dem Anruf von deiner Mutter keine Zeit zum Saubermachen. Kannst du kochen?«

Tre nickt.

»Und was kannst du machen?« fragt Furious lächelnd.

»Hackbraten«, murmelt Tre mit vollem Mund, »à la Reva.«

»A la Reva, ah. Hat sie dir's beigebracht?«

»Jaap«, sagt Tre. »Fast genauso gut, wie sie ihn macht.«

Furious zieht angesichts von soviel Selbstbewußtsein die Augenbrauen hoch. »Hm«, sagt er. »Das is gut.«

Schweigen. Im Moment fällt Furious nichts mehr ein, und Tre ist mit seinem Essen beschäftigt.

»Willst du noch 'n bißchen Kool Aid?« fragt er schließlich.

Tre nickt, und Furious gießt ihm einen Becher voll ein. Er beobachtet sich dabei selbst, beinahe mit einem Gefühl von Überraschung. Wenn er mit einer Frau beim Essen säße, denkt er, würde er sich bedienen lassen, doch nun tut er es, weil Tre sein Kind ist, und das Verrückte daran ist, daß es ihm ein warmes Gefühl von Freude gibt.

Später macht Furious sein abendliches Training. Er liegt in der Mitte des Wohnzimmers auf der Bank zum Hanteldrücken und stemmt an die zweihundert Pfund, hoch und nieder, drückt die Hantelstange vom Brustkorb hoch, bis seine muskulösen Arme voll durchgestreckt sind. Tre sieht zu, wie die Bizepse seines Vaters sich wölben und schwellen, er nimmt sich eine kleine Kurzhantel und versucht mitzuhalten. Furious wirft einen Blick hinüber, und zwischen den Atemzügen beginnt er zu sprechen. Sein Ton ist ernst, aber freundlich.

»Hör mal«, sagt Furious. »Ich muß noch die Hausregeln festlegen. Dieselben wie an den Wochenenden, weißt du noch?«

Tre nickt.

»Wie gehen sie?«

Tre antwortet, ohne zu überlegen. Er kennt die Regeln auswendig.

»Spätestens um sieben daheim sein. Das is besser als bei Mama – sie sagt, um fünf. Meine Hausarbeiten machen. Geschirrwaschen. Muß ich das da draußen auch waschen?«

Er weiß, daß er muß, und Furious nickt bloß.

»Scheiße«, murmelt Tre.

»Was hast du gesagt?« Furious wirft ihm einen scharfen Blick zu.

»Gar nischt.«

»Paß auf, was du redest«, sagt Furious. »Wie geht's weiter?«

»Im Bad Waschbecken, Boden und Wanne saubermachen. Die Wanne da?«

»Ja.«

Furious legt die Hantel auf den Ständer zurück und spannt die Arme an. Tre schüttelt kläglich den Kopf.

»Mein Zimmer saubermachen. Den Rasen sprengen.« Er macht eine Pause und denkt an Dough Boys Bemerkung über Kunta Kinte. »Kann ich dich was fragen?«

»Ja klar, was?« sagt Furious. Er weiß, was jetzt kommt.

»Was mußt du eigentlich hier machen?«

Furious setzt sich auf, um Tre anzusehen. Der Junge stellt mich auf die Probe, denkt er mit einem Gefühl von Stolz.

»Ich muß gar nichts tun, außer die Rechnungen bezahlen, das Essen heimbringen und dir was zum Anziehen geben.«

Tre denkt darüber nach.

»Ein Glück, daß ich keine Rechnungen zahlen muß«, sagt er, und plötzlich merken er und sein Vater, daß sie sich anlächeln.

Furious greift in die Tasche und zieht einen Fünfdollarschein heraus. Tre nimmt ihn mit einem breiten Freudengrinsen.

»Danke«, sagt er.

Furious lächelt auch, dann wird seine Miene ernst.

»Kann sein, daß es so aussieht, als wäre ich streng mit dir, aber das bin ich nicht. Ich versuche dir bloß beizubringen, Verantwortung zu übernehmen. Deine kleinen Freunde haben niemanden, der ihnen das zeigt. Wirst schon sehen, was es mit ihnen für ein Ende nimmt. Du weißt, Tre, du bist ’n Prinz. Ich bin der König und du bist der Prinz.«

Er streckt die Arme aus und versucht, Tre hochzuheben, und tut dabei so, als wäre er ihm zu schwer.

»Verdammt. Du wirst groß. Ganz mein Junge.«

Furious steht von der Bank auf. Das Training ist vorbei.

»Und der König sagt, es ist Zeit für den Prinzen, ins Bett zu gehen.«

Tre nickt, und beide gehen über den Flur in ihre Zimmer. Furious legt sich aufs Bett, nimmt sich ein Buch vom Nachttisch und beginnt zu lesen. Tre geht in sein Zimmer, dreht den Fernseher an und sucht sich ein Comic-Heft raus. Durchs offene Fenster kann er die Nachtgeräusche von South Central L. A. hören, den Krach von Leuten, die ordinäre Sachen schreien, Schüsse aus automatischen Waffen und den durchdringenden Lärm von Polizeiautos und Hubschraubern. Doch irgendwie machen diese Geräusche ihm keine Angst, hier im Haus seines Vaters. Langsam fallen ihm die Augen zu.

Als Tre am nächsten Morgen aufwacht, kommt ihm der Vorfall in der Nacht und das Böllern der Magnum wie ein Traum vor. Doch als er rausgeht, um sich die Tür anzusehen, weiß er, daß es wirklich passiert ist. Furious ist schon weg, und Tre beschließt, mal rüberzuschauen, was Dough Boy macht. Er schlendert über die Straße, vorbei an einem Eiscreme-Wagen, der eben vorgefahren ist, und nähert sich mit einigem Zögern durchs Gartentor dem Haus von Mrs. Baker.

Er kann Mrs. Bakers Stimme hören, die auf Dough Boy einbrüllt.

»Jaja, du bis ’n Scheiß, ganz wie dein Vata. Du bis ’n Scheiß, du machs nur Scheiß. Alles, was du hier machs, is essen, schlafen und scheißen. Ihr müßt alle glauben, ich bin 'n Dienstmädchen, so wie ihr euch aufführt.«

Tre verdrückt sich außer Sicht.

»Haste's jetzt?« sagt Dough Boys Stimme. »Ich muß gehen.«

»Scheiße nee, hab ich nich! Hab ich so lang nich, bis ich's dir sage, verdammt noch mal! Willste mir pampig kommen? Ich tret dir'n Arsch bis Ultimo. Haste's jetzt? Und wo gehste überhaupt hin? Du kleiner Fettarsch? Zu 'ner Arbeit mußte sicher nich.«

Jetzt sieht Mrs. Baker Tre durch die Fliegentür.

»Und wer is der kleine Wichser da auf meiner Veranda?« ruft sie und steht von der Couch auf, wo sie gelegen hat, um sich Tre näher zu besehen und mal rumzuschauen, ob sich in der Gegend was tut.

»Oh«, sagt Mrs. Baker, nachdem sie Tre eindringlich gemustert hat. »Du bis' der kleine Junge von Furious, häh? Wann kommt dein Daddy ma zum Kartenspielen? Ich weiß, er is sich zu gut, daß er noch herkommt. Zuviel zu tun mit Leute-Abschießen.« Sie legt eine Pause ein. »Hat er immer noch dieselbe Freundin?«

Plötzlich kommt Ricky mit seinem Football in der Hand hinter seiner Mutter hervor und rettet Tre vor ihrem Mundwerk und ihren Fragen.

»'tschuldige mal, Mama.«

Ricky hat nie Schwierigkeiten mit seiner Mutter, ganz anders als Dough Boy. Die Wahrheit ist, daß sie verschiedene Väter haben, und während Mrs. Baker Ricky mit Liebe und Zuneigung behandelt, ist es bei Dough Boy Ärger und Verachtung.

Als Ricky rauskommt, läuft Tre von der Veranda auf den Rasen, um sich für einen Paß aufzustellen. Ricky spielt ihm einen zu, den er elegant runterfängt. Tre rennt auf ihn zu, wie um ihn auszutricksen. Ricky fängt ihn ab, und beide lachen.

»Wieso spielst du eigentlich dauernd Football?« fragt Tre ihn.

Den Ball in der Hand, bleibt Ricky stehen, fast als müßte er sich erst eine Antwort ausdenken, aber sie kommt schnell.

»Weil das mal mein Beruf wird.«

In diesem Moment kommt Dough Boy hinter seiner Mutter hervor und geht über die Veranda, ohne sie auch nur eines Blikkes zu würdigen. Auf dem Bürgersteig stößt er zu Tre und Ricky. »Du, ich hab gehört, Furious hat letzte Nacht auf einen geschossen. Hat er ihn erwischt?«

»Nein«, sagt Tre abwesend. Seine Aufmerksamkeit hat er auf die andere Straßenseite verlagert, zu einer Mutter mit ihrer Tochter, ungefähr in seinem Alter, die eben aus dem Kofferraum ihres Wagens Lebensmittel ausladen. Das Mädchen hat langes, zu einem dicken Zopf geflochtenes Haar und trägt Sachen, die nach Privatschul-Uniform aussehen. Tre weiß es noch nicht, aber sie ist das Schätzchen der ganzen Gegend.

»Wer ist das?« fragt er.

»Das is meine Holde, Bubi«, sagt Dough Boy. »Sie heißt Brandi.«

»Sie is überhaupt nich deine Alte, sie is meine«, sagt Ricky.

»Wie kann sie deine Alte sein, wenn sie meine Holde is?«

»Sie is meine Braut«, gibt Ricky zurück.

Tre schenkt der Streiterei keine Beachtung, weil er Brandi auf der anderen Straßenseite aufgefallen ist und sie seinen interessierten Blick mit einem Lächeln erwidert.

In der Zwischenzeit haben Ricky und Dough Boy angefangen, sich zu balgen.

»Kann ja sein, daß sie deine Braut ist«, sagt Dough Boy, »aber ich steck ihr jede Nacht mein Dingeling rein, und deshalb gehört se mir.«

Tre beobachtet Brandi noch immer, doch nun zieht ihre Mutter sie ins Haus.

Mrs. Baker (Tyra Ferrell) ist die alleinerziehende Mutter von Ricky und Dough Boy.

*Folgende Seite:*
Der zehn Jahre alte Tre Styles (Desi Arnez Hines) gemeinsam mit Klassenkameraden auf dem Weg zur Schule.

Tre's Vater Furious Styles (Larry Fishburne) versucht, seinen Sohn zu einem verantwortungsbewußten Mann zu erziehen.

»Nu dreh du mal schleunig deinen Hintern hier rein«, sagt sie laut, »und hör auf, zu diesen Prolo-Jungs rüberzugucken.«

Die Tür schließt sich hinter ihnen, und als Tre sich umdreht, sieht er Dough Boy und Ricky im Gras raufen. Als sie merken, daß er zusieht, hören sie auf.

»Du kannst sie nich haben, weil wir sie uns schon teilen«, sagt Dough Boy.

Ein wenig später sind sie unterwegs in die Nickerson-Gardens-Anlage. Das ist einer der berüchtigtsten Sozialbauten von South Central L. A., mit einer ständig wechselnden Bewohnerschaft, die ihr Leben zwischen Drogengeschäften bei Tag und Morden bei Nacht zubringt.

Die drei Jungs marschieren zügig durch ein labyrinthisches Spalier von älteren Jungs, die fluchen, schreien und aus Literflaschen Malzbier trinken. Tre besieht sich alles aus den Augenwinkeln. Dough Boy bewegt sich locker, als sei er in diesem Milieu zu Hause. Ricky hält seinen Ball vor der Brust fest. Dough Boy sieht ihn an und schüttelt den Kopf.

»Rick«, sagt er, »wieso mußt du den Ball da mitbringen? Wenn se dir 'n abnehmen, ich sag nischt.«

Ein paar Augenblicke später stehen sie vor der Tür von Chris' Wohnung. Dough Boy klopft selbstbewußt an, und Chris macht auf und läßt sie rein.

Es ist eine Ein-Zimmer-Wohnung. In der Decke sind tiefe Risse, so alt wie zwei Großväter. Tre sieht Kakerlaken in den Spalten aus und ein krabbeln. Auf der Couch liegt Donetta, Chris' Mutter, und sieht sich auf einem großen alten 65-Zentimeter-Schwarzweißfernseher die Trickfilme im Samstagvormittag-Programm an. Sie hat dauerentkraustes Haar und ein Gesicht, das sie zehn Jahre älter aussehen läßt. Sie schnippt die Asche von ihrer Zigarette in einen Aschenbecher, aus dem zwei oder drei Kakerlaken auftauchen, als die Jungs reinkommen.

Sie richtet sich weit genug auf, um zu fragen, wer die da sind, und Chris sagt es ihr. Freunde von ihm.

»Warum spielt ihr nich draußen«, sagt Donetta. »Hab eben erst saubergemacht.«

Die vier Jungs ziehen ab und gehen die Straße runter.

»Heute ham se einen abgeknallt«, sagt Chris im Plauderton.

»Wo?« fragt Dough Boy.

Chris deutet mit dem Finger.

»Um die Ecke da. Wollt ma sehen? Ham ihn noch nich weggebracht. Er liegt immer noch da am Boden rum, mausetot.«

Sie machen sich in diese Richtung auf, während Dough Boy Chris erzählt, daß Tres Vater letzte Nacht auf einen geschossen hat. Chris schaut Tre an, als wäre er die große Entdeckung.

»Echt? Was für 'ne Kanone hat dein Daddy denn?«

Tre sagt, daß er glaubt, eine .357er Magnum, und Chris erzählt ihm, daß er eine 22er hat, 'ne Zwo-zwo, die ihm sein Bruder geschenkt hat, bevor er ins Bezirksgefängnis kam.

»Hab se unterm Bett. Willst ma sehen? Is auch geladen.«

Auf dem Abrißgrundstück, zu dem Chris sie führt, liegt ein toter siebzehnjähriger Junge, sein Körper ist von Kugeln durchsiebt. Ganz in der Nähe gehen Leute völlig normal vorbei und nehmen nicht mehr Notiz, als ob es ein krepierter Hund wäre.

»Sieht aus, wie wenn ihn Freddy Kruger erwischt hätte«, sagt Dough Boy.

»Das hier is kein Kino«, entgegnet Ricky.

»Er stinkt«, sagt Tre.

»So riechen sie eben nach 'ner Weile.« Chris gibt mit seinem Wissen an. »Ich möcht bloß wissen, warum sie so lang brauchen, bis sie ihn wegbringen?«

Plötzlich kommt von hinten eine Stimme.

»He, schmeiß ma 'n Ball her.«

Sie drehen sich überrascht um und sehen einen älteren Jungen, ungefähr siebzehn. Sein Oberkörper ist nackt, und er hat alte Kordhosen an, so weit runtergeruscht, daß oben seine Unterhose rausguckt.

»Wennste's tust, siehste dein Ball nie wieder«, flüstert Chris Ricky zu.

»He, weißt du, daß hier 'n toter Typ liegt?« ruft Tre in der Hoffnung, den älteren Jungen abzulenken, der ihm als Antwort bloß einen verkniffenen Gangsterblick zuwirft.

»Jaa, ihr Motherfucker, weiß ich. Der geht euch nischt an, also bleibt ma weg von ihm! Du, schmeiß 'n Ball her, kleiner Mann, ich nehm dir'n nich weg. Chris, Kleiner, sag dem Idioten, ich nehm ihm sein' Ball nich weg, ich hab genug Kohle, daß ich mir hundert 'von kaufen kann. Scheiße!«

Er zückt eine Handvoll Dollarscheine, doch den vier Jungs ist klar, daß sie in Schwierigkeiten sind.

»Ich hab dir gesagt, du sollst den Ball nich mitnehmen«, sagt Dough Boy mit einer Stinkwut.

Ricky zögert, doch schließlich wirft er den Ball hin. Der Gangster fängt ihn und macht ein Bandenzeichen.

»Danke, Kumpel«, sagt er. Er dreht sich zu seinen Freunden um. »Du, Dog, fang ma.«

Mad Dog ist fast einsneunzig groß, breit wie zwei Volkswagen und sieht genau so zum Fürchten aus, wie sein Name erahnen läßt. Er fängt den Ball mit einer Hand, und die beiden beginnen ihn hin und her zu spielen.

Ricky schaut ganz elend drein. Dough Boy ist wütend auf ihn, weil er so blöd war, den Ball mitzunehmen. Tre versucht, die Gruppe wegzulotsen, doch Dough Boy dreht sich um und geht auf die größeren Jungs zu.

»He, gib mir 'n Ball von mei'm Bruder wieder!« ruft er.

Der erste Gangster sieht sich nach Dough Boy um.

»Was haste gesagt, Fettkloß? Der Nigger sieht aus wie 's Michelin-Männchen.«

»Ich hab gesagt, gib den Ball von mei'm Bruder her, sonst...«

»Was sonst? Was machst du Fettarsch sonst?«

Dough Boy gibt keine Antwort. Statt dessen geht er auf den größeren Jungen los und versucht, ihm den Ball wegzunehmen.

Mad Dog sieht mit seltsam mitleidigem Blick zu.

»Du, Rock«, ruft Mad Dog. »Gib dem klein Nigger sein Ball wieder.«

Rock reagiert nicht, und Ricky und Tre kommen dazu und versuchen auch den Ball zu erwischen, den er weit jenseits ihrer Reichweite in die Höhe hält. Dough Boy bekommt genug davon und tritt ihn ins Knie. Die Laune des älteren Jungen schlägt jäh von Belustigung in Ärger um, und er tritt Dough Boy hart in den Bauch. Dough Boy geht zu Boden, und Rock tritt ihn noch mal. Tre und Ricky beugen sich erschrocken über Dough Boy und decken ihn ab.

»Blöder Motherfucker«, grummelt Rock. »Hätt 'n dir sowieso wiedergegeben.«

Er wendet den Jungen den Rücken zu und spielt weiter. Sie helfen Dough Boy auf die Beine und wanken davon. Dough Boy hält sich den Bauch und versucht, die Tränen zu verbeißen.

»He, Mann«, sagt Tre. »Ich hab auch 'n Football. Ich spiel aber nich viel damit. Ich sag dir was, er gehört dir, gleich wenn wir zu Haus sind.«

»Er wird ihn nich wollen«, erwidert Dough Boy. »Den Ball hat ihm sein Daddy geschenkt. Ich wollte, ich könnt den Motherfucker umbringen.«

Im Weggehen starrt Ricky auf die älteren Jungs, die mit seinem Football spielen. Während er noch zusieht, fängt Mad Dog den Ball und schaut dabei in ihre Richtung. Er hält einen Moment lang inne, und ihre Blicke treffen sich. Plötzlich, als es eben so aussieht, als würde er ihn zurückgeben, dreht Mad Dog sich zu seinen Freunden und spielt den Ball ab. Traurig wenden die drei Freunde sich zum Gehen. Sie sind noch nicht weit weg, als Mad Dog ihnen nachruft.

»He, kleiner Mann. Fang.«

Er wirft den Ball, und Ricky streckt die Arme danach aus, überglücklich. Doch der Ball trifft ihn auf die Brust und springt auf den Boden. Tre läuft ihm nach, und Dough Boy, immer noch wütend, macht ein angewidertes Gesicht.

»Mann«, sagt er. »Du bist vielleicht 'n Hänger.«

Doch Ricky sieht zu Mad Dog hin und nickt ihm ein Danke zu. Der lächelt knapp und wendet sich ab.

# 3

Ein heißer, strahlend sonniger Tag in South Central L. A. Die Straße ist trocken und staubig, gesäumt von Häusern mit Rauhputz im spanischen Stil. Wo die Musik herkommt, ist zuerst schwer zu orten, weil sie im Freien spielt und so durch die Gegend hallt, daß sie aus allen Richtungen zu dröhnen scheint. Etwa in der Mitte der Straße verdichtet sie sich, und man kann sich denken, daß sie von Mrs. Bakers Grundstück kommt, wo eine Grillparty im Gang ist.

Der Garten hinter dem Haus ist voller junger Schwarzer. Sie tanzen unter einem Transparent, auf dem WILLKOMMEN DOUGH BOY steht. In einem Winkel spielt eine Gruppe junger Männer lautstark eine Partie Domino. Ihnen gegenüber auf der anderen Seite des Gartens hat ein großer junger Mann in einem Football-Dress der Washington High School an einem zischenden Grill schwer zu tun. Von Zeit zu Zeit sieht er sich lächelnd um, und sein Blick fällt auf Klein Ricky, seinen zweijährigen Sohn, den er durch die offene Hintertür sehen kann, wie er mit dem Spielzeugmodell eines Polizeiwagens spielt. Schließlich bleibt eine der Frauen neben dem Jungen stehen. Sie sieht zu Ricky am Grill hinüber und lächelt zurück.

»Geh schon, Rickylein«, sagt sie. »Geh doch mal nach draußen. Dein Papi will was von dir.«

Klein Ricky schaut neugierig zu ihr hoch; dann steht er auf und geht in Richtung Garten. Dabei steigt er tolpatschig auf das Polizeiauto. Ricky grinst ihn an.

»Komm her«, ruft er.

Klein Ricky geht hinüber zu seinem Vater, der ihn hochhebt, an sich drückt und dabei, ohne aus dem Takt zu kommen, weiter das brutzelnde Fleisch ansticht und umdreht. Er hält Ricky mühelos in der Armbeuge und redet zärtlich auf ihn ein.

»Komm her«, sagt er. »Na, was machst du, häh? Willtu grillen lernen?«

Während dessen kommt Mrs. Baker zu ihm herüber, nimmt ihm die Gabel aus der Hand und macht sich daran, das Fleisch anzustechen. Sie ist seine Mutter, doch man muß zweimal hinsehen, um sicher sagen zu können, daß sie alt genug ist, schon einen so großen Sohn zu haben. Sie ist eine schlanke, gutaussehende Frau in den Dreißigern, mit einem Schmiß und einem Schwung in ihren Bewegungen, der einem Mann immer noch den Kopf verdrehen kann. Ricky ist siebzehn, doch wie viele andere Mütter hat sie sich noch nicht daran gewöhnt, daß ihre Söhne schon Teenager sind, fast erwachsene Männer, und sie schimpft mit ihnen und kommandiert sie herum, als wären sie immer noch zehn Jahre alt.

»Ricky«, zetert sie. »Du paßt nich auf das Fleisch da auf. Alles, was du machst, ist drauf rumstochern.«

Ricky grinst sie an. Er achtet schon gar nicht mehr auf ihr Gezeter; seine Aufmerksamkeit ist auf eine junge Frau fixiert, ebenfalls um die siebzehn, die herüberkommt und sich anbietet, Ricky auf den Arm zu nehmen. Sie hat eine billige Dauerwelle und trägt eine Radfahrerhose, die jeden Zoll ihres strammen Körpers zur Geltung bringt. Es ist Shanice, die Mutter des Babys und Rickys Freundin.

»Ich nehm ihn«, sagt sie, doch Ricky drückt seinen Sohn an sich und zuckt abwehrend die Schultern.

»Nee, Shanice«, sagt er. »Ich hab ihn schon. Geh du nur wieder und unterhalt dich mit deinen Freunden.«

Eingezwängt hinter dem Grill, behält Mrs. Baker das junge Paar im einen Auge, das Fleisch im anderen. Sie liebt Rick leidenschaftlich, und all ihre Zukunftshoffnungen liegen auf ihm. Sie kennt auch Shanice schon ihr ganzes Leben lang, weil sie in dieser Gegend aufgewachsen ist, doch sie hält nicht viel von der jungen Frau und beobachtet die Beziehung der beiden mit Skepsis.

»Ricky«, sagt Shanice. »Ich muß ihm die Windeln wechseln.«

Ricky dreht seinen Sohn herum, um an seinen Hosen zu schnüffeln.

»Er ist nich naß. Also geh schon. Geh nur, ich hab ihn.«

Er scheucht sie mit seiner freien Hand weg, doch dann überlegt er es sich anders.

»Wart 'n Augenblick. Komm her.«

Shanice dreht sich um, sie weiß schon, was er will, und legt ihm die Arme um den Hals. Ricky küßt sie lange und ausgiebig. Vollmundig. Hinter ihnen verliert Mrs. Baker, die in der Hitze zwischen Grill und Zaun fast umkommt, die Geduld.

»So habt ihr den da auch gekriegt«, ruft sie, geht ein Stück von dem Grill weg und schubst sie auseinander. »Paß ja auf, daß sie die Pille nimmt, ich möcht nich 'ne ganze Horde Babys hier rumrennen haben. Und ich kann als einzige auf sie aufpassen.«

Ricky grinst sie ungerührt an. So was hat er schon öfter gehört. Und jetzt, da Mrs. Baker es losgeworden ist, blickt sie zum anderen Ende des Gartens, wo ihr jüngerer Sohn Darin mit drei von seinen Freunden sitzt. Jeder nennt ihn Dough Boy, weil er immer schon sehr groß und schwer war, doch mittlerweile wirkt seine Massigkeit hart und muskulös, und sein Gesichtsausdruck und sein Blick sind kalt und aggressiv geworden. Nur Mrs. Baker vermag in ihm noch das pummelige Kind zu sehen, das er einmal war. Die letzten sieben Jahre war Dough Boy immer wieder mal in staatlichen Besserungsanstalten, und die Party heute findet zur Feier seiner vorläufig letzten Rückkehr aus dem Bau statt.

Dough Boys Freunde sind Jungs, die er seit eh und je kennt. Sie sind zusammen auf der Straße aufgewachsen, und zusammen sind sie in South Central L. A. zu Gangstern geworden, Bandenkämpfern, Soldaten in den Kriegen im Viertel. Doch füreinander sind sie Freunde aus Kindertagen, Chris, Monster, Dooky and Dough Boy, und im Moment sind sie einfach unbeschwerte Jungs bei einer hitzigen Partie Domino. Der Leidenschaft nach zu urteilen, mit der sie sich in das Spiel hineinsteigern, könnte man glauben, es ginge um Geld. Sie knallen die Steine auf den Tisch, daß es jedesmal klingt wie ein lauter, scharfer Schlag, und bei jedem erfolgreichen Ansetzen brüllen sie vor Vergnügen. Diesmal gewinnt Dough Boy, und er knallt seinen letzten Stein voll Triumph hin.

»Domino, Motherfucker«, sagt er. »Was sagtste dazu, Nigger? Was sagste jetzt?«

Monster ist ein großer, schwerfälliger, häßlicher Junge, der sich nur in diesem Haufen wirklich wohl fühlt. Er wirft Dough Boy zum Spaß einen verächtlichen Blick zu.

»Blödmann, is ja kein Scheiß. Ich hab dich schon dreimal in den Arsch getreten. Das war erst einmal, Nigger. Machen wir noch eins.«

»Nee, ich mag nicht mehr«, erwidert Dough Boy. Er ist aus der Übung und will nicht schon wieder geschlagen werden, schon gar nicht von Monster. »Mischen wir lieber 'n paar Buben auf.«

Er öffnet ein Spiel Karten und beginnt zu geben. Chris und Monster schauen auf die Karten, doch Dooky ist mit dem Kopf ganz woanders. Sein Haar kraust sich in dicken, zotteligen Zöpfchen, von denen er auch seinen Spitznamen hat, und seine Aufmerksamkeit ist auf die Mädchenrunde fixiert, die am anderen Ende des Gartens vor dem Haus sitzt.

»Mit einer von den Tussis dort drüben würd ich ma wollen«, sagt Dooky.

Es sind etwa zehn Mädchen, um die sechzehn oder siebzehn Jahre alt. T-Shirts, knappe Radfahrerhosen, Plastikschmuck, die Nägel sorgfältig gefeilt und poliert, eine ganze Ansammlung von süßen Schnitten, die sich durchaus bewußt sind, daß die Jungs sie quer durch den Garten anstarren, und cool zur Schau stellen, was ihnen entgeht. Guckt ihr nur ma scharf.

Shanice nimmt es mit der würdevollen Amüsiertheit einer gesetzten Lady, die nicht mehr mit im Spiel ist, und nur eines der Mädchen scheint sich nicht wohl zu fühlen, sie zappelt nervös herum und versucht, den glotzenden Blicken auszuweichen. Es ist Brandi, eine echte Klassefrau, daß man flachliegt; sie wendet sich ab und schaut auf die andere Seite des Gartens, wo einige von Rickys Sportsfreunden ihre Muskeln spielen lassen und Football-Ergebnisse erörtern.

Dough Boy ertappt Dooky, als er Brandi direkt im Visier hat, und grient hämisch.

»Dooky, du bist 'n Haufen Scheiße!« sagt er laut. »Dich häßlichen Arsch läßt sowieso keine Tussi drüber, Nigger.«

»Nigger, wetten, daß ich mehr Muffen krieg wie du«, gibt Dooky zurück.

»Jaja, Motherfucker, die Junkiemuffen, die kriegste. Ich krieg mehr Muffen als wie du Luft. So 'n Arsch von 'nem Möchtegern-Macker.«

»Wer is hier 'n Möchtegern-Macker?« will Dooky zornig wissen. Für ihn ist das eine wirkliche Beleidigung, denn seiner Meinung nach ist er ein echter Macker, ein Mann, der Muffen kriegen kann, soviel er will.

»Du, Nigger! Abgewichster Motherfucker!« sagt Dough Boy triumphierend. »Bumst ja bloß die Fixbutzen, blöder Nigger.«

Daraufhin schaut Dooky ein bißchen schuldbewußt drein und verdreht verlegen die Augen. Er ist oft genug gewarnt worden, sich nicht mit kranken Junkies einzulassen.

»Nigger, du weißt ja überhaupt nich, was ich krieg. Ich bums mit kein' Junkies. Vielleicht laß ich mir ma einen blasen, aber ich bums sie nich. Scheiße... die ham Aids und so 'n Scheiß.«

»Blöder Motherfucker«, sagt Monster. »Weißte nich, daß de den Scheiß auch vom Blasen kriegen kannst?«

Daraufhin wirft Dough Boy Chris einen resignierten Blick zu. Er läßt sich von keiner Tatsache der Welt was weismachen.

»Danke sehr«, sagt er zu Monster.

»Ja, genau«, entgegnet Chris und denkt voll Wut an die Junkiebraut, die ihm die Nacht zuvor einen geblasen hat, und fragt sich, ob sie ihn wohl angesteckt hat. Er rutscht vorsichtig auf seinem Stuhl herum und probiert aus, wie es sich in seiner Lendengegend anfühlt.

»Du bist fällig«, sagt Dough Boy verächtlich.

Dooky denkt einen Augenblick nach.

»Naja, ich bin ja nich krank. Ich bin nich so mager, und der ganze Scheiß.«

Chris hat dieses Gespräch grinsend verfolgt und sich an Dookys Verlegenheit geweidet.

»Was meinste mit du bist nich mager?« ruft er lachend. »Du bis so mager, daß du 'n Kringelkeks als Hula-Reifen nehmen könntest. Und außerdem, Blödmann, mußte ja nich krank sein. Kannst ja auch erst in fünf Jahren an dem Scheiß sterben.«

Dooky bleibt die Luft weg. Jetzt macht er sich wirklich Sorgen.

»Ihr wollt mir alle bloß angst machen.«

Er blickt um sich, um festzustellen, ob es darauf irgendwelche Reaktionen gibt, doch alle sehen ihn nur ausdruckslos an.

»Kann man 's wirklich kriegen, wenn man sich einen blasen läßt?« setzt er beunruhigt nach.

Dough Boy läßt ihn schwitzen, sieht ihn mit einem Pokergesicht an, greift sich seine Bierflasche und nimmt einen großen Schluck. Er stellt sie nieder und macht eine Mordsschau daraus, sie von Dookys Ende des Tisches wegzurücken. Dann wendet er sich den Karten zu.

»Bleib bloß mit deinem Arsch weg«, warnt er Dooky, der ihn immer noch beunruhigt ansieht. »Und frag nich, obste aus derselben Flasche trinken darfst.«

Noch ehe Dooky darauf eine Antwort einfällt, zieht eine Bewegung am Garteneingang Dough Boys Blick auf sich, und er sieht hoch und bemerkt Tre.

Tre ist einen Augenblick im Torbogen stehengeblieben, zum Teil, um einen effektvollen Auftritt hinzulegen, zum Teil, um festzustellen, wer wo ist. Als ersten sieht er Ricky, seinen besten Freund, und sie nicken einander ein Hallo zu. Der kleine Ricky, der sich im Arm seines Vaters windet, winkt unbeholfen. Ricky fängt Tres Blick auf und deutet mit dem Blick auf die Runde Mädchen, die Tre schon gesehen haben und als Reaktion miteinander flüstern. Kein Wunder. Tre trägt schicke schwarze Hosen und ein modisches Hemd. Auch sein Haarschnitt ist schick, mit einem Zickzackmuster drin. Kein Zweifel, der Bruder sieht scharf aus.

Brandi, die bei den anderen Mädchen sitzt, merkt kaum, was sie sagen. Sie wartet darauf, daß Tre sie sieht, und als sich ihre Blicke treffen und er lächelt, kriegt sie vor Aufregung fast keine Luft. Nach außen hin bleibt sie cool, und Tre kann nicht sagen, was sie empfindet. Trotzdem versucht er, in ihrem Gesicht zu lesen, als von hinten Mrs. Baker kommt, ihn umdreht und umarmt.

»Tre!« sagt sie. »Wie geht's dir, Schätzchen?«

»Gut, Ma'm.«

Mrs. Baker sieht ihn liebevoll an. Sie mag seine guten Manieren sehr, und mit seinem Ehrgeiz und seiner gefälligen Art hält sie ihn für genau den richtigen Umgang für Ricky. Außerdem hat sie viel Respekt vor seinem Vater, Furious, und eine Schwäche für ihn.

»Das is gut«, sagt sie und kneift ihn einmal extra. »Das Essen ist gleich fertig. Ich geh bloß eben rein, um das restliche Zeug zu holen. Kartoffelsalat und so was. Geh nur weiter, 's sind alle da.«

Wieder tritt sie nahe an Tre heran, und ihr Blick schwenkt zu Dough Boy, der ausdruckslos hersieht.

»Geh und red mit Darin. Red mal ernsthaft mit ihm. Vielleicht schneidet er sich ja mal 'ne Scheibe ab von dir.«

Einen Moment lang ist Tre danach, ihr zu sagen, daß das nicht so einfach ist. Mit Dough Boys Lebenswandel hat es schon vor langer Zeit so angefangen. Statt dessen nickt er einfach zustimmend und macht sich auf den Weg an den Bandentisch. Als er näher kommt, begrüßen sie ihn mit erhobenen Händen und gereckten Fäusten, und Dough Boy steht auf, um ihm die Hand zu drücken und ihn zu umarmen. Während er Dough Boy an sich drückt, denkt Tre an die ersten Tage zurück, als er in diese Gegend zog. Damals war Dough Boy der erste, der die Deckung fallen ließ und mit ihm spielte, und bald waren sie die besten Freunde. Seit damals hat sich eine Menge verändert, doch diese Erinnerung an Dough Boy bleibt, und daran wird sich trotz allem nie etwas ändern.

Nachdem er Tre begrüßt hat, setzt Dough Boy sich wieder.

»Was liegt an, Macker?« fragt Dough Boy. »Hab gehört, du bist ja jetzt 'n ganz feiner Pinkel. Arbeitest im Einkaufszentrum drüben in Fox Hills?«

»Ja, ich krieg Rabatt auf Klamotten und so 'n Zeug«, antwortet Tre. »Wenn du mal magst?«

Dough Boy taxiert ihn.

»Siehst aus, als würdste Crack verkaufen.«

»Tre, ziehste dir selber auch was 'von rein?« fragt Chris.

»Scheiße nee, ich mach so'n Scheiß nich.«

»Könnteste auch gar nich, dein Daddy würd dir 'n Arsch aufreißen«, sagt Dough Boy. »Wie geht's ihm überhaupt?«

Es gibt eine Pause. Tre nickt immer noch etlichen Leuten hallo zu. Dough Boy bringt frische Luft in die Sache, indem er die Konversation fortsetzt.

»Schätze, du hast gehört, daß ich jetzt aus 'm Bau raus bin. Diesmal seh ich aber zu, daß ich draußen bleib.«

»Deshalb feiern wir hier doch, richtig, Mann? Wie bist du nur so 'n Schrank geworden?« fragt Tre und sieht ihn sich genauer an.

»Training, Nigger. Was, glaubste, kann man sonst dort drin machen? Ich hab dreimal am Tag Gewichte gestemmt, mindestens. Den Rest der Zeit hab ich mit Lesen verbracht, oder mit Schreiben an eins meiner Mädels.«

»Lesen?« sagt Monster.

Dough Boy reagiert auf die Frage erbost.

»Klar, Motherfucker. Ich bin ja kein Kippenstecher. Ich kann lesen. Scheiße.«

»Du, was macht Brandi hier? Hat ihre Mutter sie aus 'm Haus gelassen oder was?« sagt Tre und wechselt das Thema.

»Sie ist deine Alte, da weißt du mehr als ich«, antwortet Dough Boy cool.

»Mm, mm, mein Gott. Immer noch auf dem Trip, Tre?« wirft Chris ein.

Als er das sagt, sehen alle in die Richtung, wo die Mädchen sitzen. Shanice erzählt ihren Freundinnen von Tre und seiner Freundschaft mit den Baker-Brüdern.

»Mädels, ist der niedlich«, sagt eine von ihnen, Shalika, soeben. »So was möcht ich mir mal anbaggern. Geht er auf die Washington?«

Shanice sagt ja und schaut zu Brandi rüber, um zu sehen, wie sie reagiert.

Eine andere Freundin, Rene, mischt sich ein.

»Oh, ich hab ihn schon mal gesehen. Er arbeitet im Einkaufszentrum in Fox Hills.«

»Hat er 'ne Freundin?« fragt Shalika und leckt sich die Lippen.

Zum ersten Mal sagt Brandi etwas.

»Ja«, sagt sie herausfordernd und mit Nachdruck.

Die beiden Mädchen sehen sie an, als wäre sie aus einer Rauchwolke aufgetaucht, und schließlich lacht Shalika, wobei sie daraus eine große Nummer macht.

»Jedenfalls ist er süß«, kichert sie. »Halt dir sein Arsch warm, bevor ihn dir noch wer klaut.«

Noch ehe Brandi antworten kann, ruft Mrs. Baker nach draußen, daß das Essen fertig ist. Sie und Ricky füllen einen Haufen Spare-ribs in eine Pfanne. Alles kommt auf die Beine. Tre, Dough Boy und die anderen Jungs bewegen sich rasch, doch als Chris sich vom Tisch wegschiebt, wird sichtbar, daß der Stuhl, in dem er sitzt, ein Rollstuhl ist. Das hat er einer Schießerei zu verdanken. Chris ist das Opfer eines Scharmützels der Kriege im Viertel, und seine Beine sind auf Dauer gelähmt.

Die Gruppe der Jungs stellt sich um das Essen auf, und es sieht aus, als müßten die Mädchen außen vor bleiben; Tre stutzt demonstrativ, tippt Dough Boy an die Schulter und wirft ihm einen finsteren Blick zu.

»He«, sagt Tre. »Warum benehmt ihr alle euch nich wie Gentlemen und laßt erst mal die Ladys vor?«

Dough Boy, den Teller schon in der Hand, kapiert sofort. Tres Redeweise nachäffend, reicht er sein Tablett an das nächststehende Mädchen weiter.

»Ja, ihr benehmt euch alle, wie wenn ihr noch nie auf 'ner Grillparty gewesen wärt. Laßt die Ladys vor.«

Er macht eine Pause.

»Auch Schnallen müssen essen.«

Die Jungs lachen, und die Mädchen sind empört.

»Wart mal«, kreischt Shalika verärgert. »Zu wem sagst du da Schnalle? Ich bin keine Schnalle.«

»Ups. Oh, ja richtig«, sagt Dough Boy zerknirscht. »Tut mir leid, Schlampe.«

Mrs. Baker wirft ihm einen warnenden Blick zu.

Tre sieht zu, wie sich das Gewirr auflöst und die Jungs beginnen, den Mädchen vorzulegen. Er schaut in die falsche Richtung, so daß er Brandi erst sieht, als sie ihn an die Schulter tippt und er sich umdreht.

»Hallo«, sagt er lahm.

»Wieso hast du mich seit fünf Tagen nich angerufen?« fragt sie ihn.

»Augenblick mal«, sagt er.

Er geht rüber zu Ricky und läßt sie stehen.

»Was is los? Sieht aus, als wollte sie mit dir reden.«

»Ich weiß. Ich laß mir Zeit.«

»Oh. Also, du versuchst, das Spiel zu machen, hä?«

Hinter Tres Rücken sieht Ricky, daß Brandi aufsteht und sich von seiner Mutter verabschiedet. Sie ist dabei zu gehen.

»Ja«, sagt Tre. »Wie mach ich das?«

»Ganz okay«, sagt Ricky zu ihm. »Da is bloß eines.«

»Was?«

»Sie ist nich mehr da.«

Tre wirft ihm einen entgeisterten Blick zu. Seine coole Schau war ein Reinfall. Danach bleibt er auch nicht mehr lange auf der Party, und wenig später ist er auf dem Heimweg, einen Teller mit Essen vom Grill in der Hand. Er hat den Kopf so voll von Brandi und dem Problem mit ihrem Verhalten, daß er die kleine Zweijährige, die wackelig über die Straße tapst, erst gar nicht bemerkt. Dann sieht er den Wagen abbremsen und rennt auf die Straße, um das Baby aufzuheben. Er ignoriert die hupenden Autos, geht zu einem der Häuser gegenüber und klopft laut an.

Die Frau, die aufmacht, ist dünn und ausgemergelt, eine Crack-Süchtige, die Pfeife in der Hand. Sie heißt Sheryl, ein

Junkie aus der Gegend. Tre kennt sie, und er weiß, daß sie für einen Kiff alles verkauft, sich selber eingeschlossen. Eine Pusteblume.

Sheryl nimmt mit weggetretener Miene das Baby. Sie mustert Tre interessiert.

»Haste 'n bißchen Koks? Ich blas 'n dir auch.«

Tre sieht sie angeekelt an.

»Halt sie lieber von der Straße weg. Und wechsle ihr mal die Windeln. Die Kleine stinkt ja fast mehr als du.«

Er geht kopfschüttelnd seiner Wege, und der Wagen, der vor ihm stehengeblieben ist, fällt ihm nicht gleich auf. Es ist ein roter Hyundai, Baujahr '91, mit dunkel getönten Scheiben, der anhält, dann an Tre vorbeirollt, ganz langsam, mit weniger als Schrittgeschwindigkeit.

Langsam geht das Fenster auf, und Tre sieht Ferris, einen etwa zehn Jahre älteren Mann, das Haar mit Gel angeklatscht; er hat ein Gesicht, so verschlossen und hart wie eine geballte Faust. Tre kennt ihn, und er weiß, daß Ferris, der sich mit den Gangstern im Viertel herumtreibt, ein Killer ist, der im Vorbeifahren Leute abschießt. Plötzlich macht Ferris eine Bewegung, und der Lauf einer Schrotflinte, Kaliber zwölf, erscheint. Er zielt direkt auf Tre, der wie angewurzelt dasteht und ihn anstarrt. Die Zeit bleibt stehen. Die Gedanken rasen Tre durch den Kopf. Zuallererst die Hoffnung, daß Ferris nicht in Laune ist, ihn niederzuschießen. Der Mann scheint zu wissen, was er denkt, denn er lächelt grausam, zieht dann die Flinte wieder ein und macht ein Bandenzeichen.

»Was is los, Kumpel?« sagt er lachend.

Gleich danach fährt der Wagen an, quietschend die Straße hinunter und außer Sicht, das Lachen der Gangster im Auto hallt bis zu Tre wider.

Er steht einen Moment lang da, schwer atmend, um sich wieder zu fassen, dann geht er weiter in Richtung Zuhause. Er ist so was gewöhnt. Den Gangstern macht es Spaß, Leute zu ängstigen, auch wenn sie gar nicht auf sie schießen wollen. Aber genau weiß man nie, was kommt.

# 4

Zu Hause sitzt Tres Vater, Furious, am Küchentisch und schreibt Schecks für die fälligen Rechnungen aus. Tre stellt den Teller vor ihn hin, und Furious macht sich ans Essen. Als er fertig ist, bittet ihn Tre, ihm die Haare nachzuschneiden.

Kurz danach arbeitet Furious schon an Tres Haarschnitt, die Schere klappert geschäftig, Haarbüschel fallen zu Boden, während er sich aufs Schneiden konzentriert.

Tre entspannt sich. Furious hat das schon öfter für ihn gemacht, als er sich erinnern kann, seit den ersten Tagen, als er hierher gezogen war. Nachher waren sie einmal auf die Halbinsel von Palos Verdes zum Fischen gefahren. Tre war eben dabei, aus den mitgebrachten Lebensmitteln Sandwiches zu machen, als Furious ihm dieselbe Frage stellte wie immer.

»Bist du ein Mitläufer oder ein Anführer? Ein Löwe oder ein Schaf?«

»Ich bin ein Anfüher.«

»Was hab ich dir immer gesagt?«

Tre dachte einen Moment nach.

»Vorm Weggehen immer die Haare kämmen, die Nase putzen und mein Hosenschlitz zumachen?«

Furious lächelte.

»Außerdem. Was sind die drei Dinge, die ich dir immer sage? Denk nach, bevor du antwortest.«

Tre dachte nach, doch er kam auf die Antwort.

»O ja, ich hab's. Dem anderen immer in die Augen schauen. Wenn man das tut, haben sie mehr Respekt vor einem. Als zweites hast du mir gesagt: Nie Angst haben, um etwas zu bitten. Stehlen ist nicht notwendig. Und das letzte war, glaube ich, nie jemand respektieren, der einen selber nicht respektiert. Stimmt das?«

»Ja. Du hast es.«

Es dauerte eine Weile, während Furious überlegte, worüber er mit Tre als nächstes sprechen sollte.

»Was weißt du über Sex?«

Tre grinste ihn verlegen an.

»Ich weiß, ich nehm mir 'n Mädchen her, stecke ihr mein Ding rein, und neun Monate später kommt ein Baby raus.«

Furious lachte.

»Du glaubst, das ist alles?«

»Im Prinzip, ja.«

Furious schüttelte den Kopf.

»Denk immer an eines. Jeder Blödmann mit einem Pimmel kann ein Baby machen, aber nur ein richtiger Mann kann sich um seine Kinder kümmern.«

Tre nickte zustimmend, und Furious fuhr nachdenklich fort.

»Ich war siebzehn, als deine Mutter mit dir schwanger war. Alle meine Freunde ließen die Schule sausen, hingen vor dem Schnapsladen rum und ließen sich vollaufen oder gingen stehlen. Manche von ihnen brachten sogar Leute um. Mein Freund Marcus fing an, Leute auszurauben, und wollte, daß ich mitmache, aber ich sagte damals: ›Nee, Mann, bei mir ist ein Sohn unterwegs.‹ Ich wußte, du würdest ein Junge werden. Also jedenfalls wollte ich jemand sein, zu dem du aufschauen kannst. Deshalb ging ich nach Vietnam.«

Er schwieg eine Weile.

»Geh nie in die Armee. Ein Schwarzer gehört da nicht hin.«

Tre hörte zu. Er verstand das meiste, was Furious sagte, doch was wirklich zählte, war, daß sein Vater mit ihm sprach, seine Gedanken mit ihm teilte. Das war es, woran er sich bei diesem Tag erinnerte.

Später, im Wagen, wurde Furious wieder ernst.

»Der Grund, warum ich dir das alles erzähle«, sagte er, »ist, daß bei mir, als ich groß wurde, kein Vater da war, um mir solche Dinge zu erklären. Deine Oma konnte mir beibringen, wie man sich unabhängig macht, aber nicht, wie man ein Mann wird. Ich mußte eine Menge selbst lernen.«

Wenn er zurückdenkt, erinnert sich Tre an den Ausdruck auf dem Gesicht seines Vaters, als er das sagte. Das gehörte alles zu diesem Tag, und er erinnert sich auch daran, weil sie gleich nach diesem Gespräch in ihre Straße einbogen und sahen, wie Dough Boy und Chris in einem Polizeiwagen weggebracht wurden, mit rot-blauem Blinklicht wie ein Warnsignal. Tre wußte sofort, was passiert war. Sie hatten in einem Laden geklaut und waren erwischt worden.

»Verdammt«, sagte Furious und knallte mit der Hand aufs Lenkrad. »Verdammt.«

Die Erinnerung ist mittlerweile verblaßt, manchmal aber, in Momenten wie diesem, als Furious sich an seinen Haaren zu schaffen macht, erinnert er sich daran, wie es war, als er zum ersten Mal in diese Gegend kam. Er wirft aus dem Augenwinkel einen verstohlenen Blick auf seinen Vater.

»Du wirst alt«, sagt er.

»Du weißt genau, daß ich nur siebzehn Jahre älter bin als du«, sagt Furious indigniert. »Ein paar von deinen Freunden haben Daddys, die sind schon in den Vierzigern oder Fünfzigern, dicke, alte schlaffe Typen mit Schmerbäuchen.«

»So wirst du eines Tages auch sein. Ein dicker, fetter, sabbernder Alter mit Schwabbelbauch, der im Schaukelstuhl sitzt und Witzblätter und so 'n Zeug liest. Dann werden meine Kinder, deine Enkel, um dich rumlaufen und sagen: ›Opa, Opa, schenk mir 'n Dollar, schenk mir 'n Dollar.‹«

»Das denkste dir so, häh?« sagt Furious lachend.

Plötzlich kommt ihm etwas in den Sinn.

»Wart mal, wart mal, was soll all das Gerede von Enkeln?«

»Was meinst du?«

Furious wird drängend.

»Du nimmst doch die Gummis, die ich dir gegeben hab? Ich bin noch nicht bereit, 'n Opa zu werden«, sagt er.

Tre geht weg und wimmelt ihn ab.

»Ach, Paps, warum löcherst du mich? Mach dir keine Sorgen, ich kann selber auf mich aufpassen.«

Furious sieht ihn naserümpfend an. Er versucht rauszukriegen, ob Tre noch Jungfrau ist.

»Hast du schon mal gebumst?« fragt er unverblümt.

Tre ist verwirrt und erzählt ihm das erstbeste, das ihm einfällt. Die Wahrheit ist, daß er noch Jungfrau ist, aber irgendwie kann er das vor seinem Vater nicht zugeben. Sein Freund Ricky ist selber schon Vater, und Tre hat den Verdacht, daß er der einzige Junge seines Alters im Viertel ist, der die große Nummer noch nicht gemacht hat.

»Was?« sagt er. Dann: »Ja, hab ich.«

Danach bleibt ihm nur mehr, zu flunkern. Die Geschichte ist eine Phantasie, die er sich beim Einschlafen ausgedacht hat. Sie beginnt damit, daß Tre cool auf dem Crenshaw Boulevard steht, als eine Braut in einem VW Rabbit angerollt kommt.

Sie heißt Tisha und hat einen Körper wie auf dem neuesten Centerfold von *Jet*. Alle Jungs machen sie an, doch sie steigt aus, geht direkt auf Tre zu und gibt ihm ihre Telefonnummer. Die Geschichte geht so weiter, daß er an einem Sonntagmorgen zu ihr nach Hause geht, als ihre Großmutter und Mutter zur Kirche sind. Sie legen los, sowie er zur Tür reinkommt. Tre trägt sie in ihr Zimmer, und dort machen sie die große Nummer. Die Sache endet damit, daß Tre durchs Fenster abhauen muß, um ihrer Großmutter zu entwischen, die überraschend aus der Kirche wiederkommt. Es ist die typische Sexphantasie eines Teenagers, doch das durchschaut Furious nicht, und ihm kommt nicht mal der Gedanke, daß Tre lügt.

»Was hast du verwendet?« fragt Furious stirnrunzelnd. Seine Besorgnis hat mit dem Fortgang von Tres Erzählung zugenommen.

»Ich hab die Nummer verwendet, die sie mir gegeben hat.«

»Nein«, sagt Furious ärgerlich. »Ich meine, was hast du benutzt?«

»Ach, Mann, warum löcherst du mich? Ich mußte gar nichts benutzen. Sie sagte, sie nimmt die Pille.«

Furious läßt den Kopf hängen. Bei dem Gedanken, daß Tre ungeschützten Sex mit einem fremden Mädchen hatte, das er auf dem Crenshaw Boulevard aufgegabelt hat, kriegt er ein kaltes, hohles Gefühl im Bauch. Dahinter steht der Gedanke, daß Tre fast erwachsen ist, für Schutz und Anleitung fast schon außer Reichweite.

»Hab ich dir nich eingeschärft«, sagt er, »du sollst was benutzen, auch wenn ein Mädel behauptet, sie nimmt die Pille? 'ne Pille kann auch nich verhindern, daß dir der Pimmel abfällt. Ach Scheiße, was soll's! Du wirst es schon noch lernen. Warum lernst du nur alles immer lieber auf die harte Tour?«

Furious kann sich nicht mehr beherrschen, und er steht auf, um rauszugehen. Dann dreht er sich noch mal zu Tre um.

»Ich bin noch nich bereit, 'n Opa zu sein. Und feg die Haare da weg.«

# 5

Auf der Fahrt zur Schule am nächsten Tag denkt Tre immer noch über die Lüge nach, die er Furious erzählt hat, und über die Reaktion seines Vaters. Neben ihm sitzt Ricky, locker wie gewöhnlich, und ißt sein Frühstück, ein Sandwich mit Speck und Ei. Er erzählt Tre, daß ein Talentesucher von der University of Southern California ihn sich heute ansehen wird. Tre nickt.

»Das is gut.«

Er weiß, daß Ricky sich um ein Sportstipendium bemüht, doch jetzt eben kann er sich nicht auf die Neuigkeiten seines Freundes konzentrieren.

»Weißt du«, sagt er, »ich hab mein Vater noch nie angelogen. Naja, fast nie.«

»Wie kommst 'n jetzt darauf?«

»Gestern hab ich Paps was vorgelogen, ihm erzählt, daß ich keine Jungfrau mehr bin.«

Ricky schaut verblüfft.

»Bist du doch auch nich. Oder doch?«

»So richtig hab ich noch nich. Ich mein, ich hab 'n bißchen Titten genuckelt und 'n paar Bräute ausgefingert, aber reingesteckt hab ich ihn noch nie.«

Ricky sieht Tre lange an, von seiner Lippe hängt ein Fetzchen Spiegelei. Er leckt es weg.

»Und warum nich?«

Tre sieht ihn von der Seite an.

»Willst du's wirklich wissen?«

»Ich hab ja gefragt, oder?«

»Ich hatte Angst.«

Ricky bricht in Lachen aus.

»Und vor was hattest du Angst?«

»'n Daddy zu werden.«

Er sieht Ricky direkt an, und der hört auf zu lachen.

»Aber ich werd alt, Scheiße. Und jetzt, wo ich mal einen losmachen will, will Brandi nich, noch nich mal, wenn ich mir 'n Präser überzieh.«

Ricky gibt keine Antwort. Er brütet immer noch über das nach, was Tre gesagt hat. Er liebt seinen Sohn, doch manchmal macht ihm die Verantwortung Sorgen, und was es für ihre Zukunft bedeutet, macht ihm Angst. Tre beugt sich vor und dreht das Radio an. Es ist ständig auf die Welle von KDAY eingestellt, und er kommt eben noch zurecht zu den *King News*.

# 6

Ein ganz normaler Tag im Viertel. Dough Boy, Monster, Chris und Dooky sitzen auf Mrs. Bakers Veranda und trinken was. Die Kunden, eine ganze Reihe, sind früh dran, und sie reichen verstohlen ihr Geld rüber. Im Gegenzug stecken die Jungs jedem ein kleines Päckchen Crack zu. Sheryl, die Pusteblume, kommt die Treppe hoch. Sie muß sich festhalten und zittert. Dooky wirft ihr einen angeekelten Blick zu, doch Dough Boy geht leutselig wie ein freundlicher Ladenbesitzer hin.

»Na, du. Was brauchste?«

Ricky ist im Umkleideraum der Crenshaw High School und bereitet sich aufs Training vor. Sein Knöchel wird bandagiert, während er auf einer Bank liegt. Sein Prachtkörper spannt und entspannt sich, als er beginnt, sich warmzumachen.

Daheim im Viertel steht Dough Boy auf der Veranda. Er albert herum, während er am Funktelefon einen Deal abschließt. Neben ihm spielen seine Freunde Würfel, lachen, schreien und frotzeln einander wie bei jedem Spiel. Ein Polizeiwagen fährt langsam vorbei, die Bullen beobachten sie eindringlich. Alle drehen sich um, um hinzusehen, und Dough Boy läßt cool ein Stück verbackenes Kokain zu Boden fallen und zermalmt es unter seinem Fuß zu einer weißen Schmiere.

»Scheiß auf die Polizei«, sagt er. Sein Blick ist hart.

Vor dem Schultor drücken sich Ferris und ein paar der Tiefflieger von Gangstern aus der Hyundai-Clique rum. Jedesmal, wenn ein Mädchen vorbeikommt, versuchen sie, sie anzumachen. Ohne Erfolg.

Drinnen in der Schule ist Tre in die Autobiographie von Malcolm X vertieft; wenn er eine Seite fertig hat, blättert er eifrig um. Ricky legt eben seine Schulterpolster an, die Muskeln wölben sich auf seinem breiten Rücken.

Vor Mrs. Bakers Haus stolzieren Dough Boy und Co. auf dem Bürgersteig rum. Den Junkie, der sich an sie ranpirscht, sehen sie erst, als es zu spät ist. Er reißt Dooky die Halskette ab und rennt davon, vorbei an Dough Boy und Monster, die blitzartig reagieren und ihm nachsetzen. Von seinem Rollstuhl aus beobachtet Chris, wie seine Freunde den stolpernden Freak zu fassen kriegen. Sie prügeln ihn, bis er hinfällt, und treten dann auf dem Boden auf ihn ein. Dooky schnappt sich eine große Mülltonne und beendet die Aktion, indem er sie über dem sich windenden Opfer auskippt.

Tre hat sein Buch fertiggelesen und geht über den Schulkorridor. Hier ist sein vertrautes Territorium. Ein Mädchen hat Schwierigkeiten mit ihrem Spind, und er kommt ihr zu Hilfe. Er bringt ihn mit Leichtigkeit auf und fängt ein Gespräch mit ihr an.

Draußen auf dem Football-Feld rennen Ricky und drei andere Spieler aus vollem Lauf gegen ein mit vier Lederkissen abgepolstertes Gestell an. Sie rammen die Kissen hart, das brutale Aufprallgeräusch hallt über den Platz. Bei jedem Anprall grunzen die Jungs laut. ›HA.‹

Die Homeboys sitzen in der Straße auf dem Mäuerchen, um die Süßen auf dem Heimweg von der Schule abzupassen. In der Nähe spielen ein paar Brüder eine Runde Knobel, sie rollen die Würfel in der Handfläche und johlen bei jedem Wurf auf. Ein paar Mexikanermädels, die Schulbücher unter den Arm geklemmt, kommen auf ihrem Heimweg vorbei. Eine von ihnen sticht Dough Boy ins Auge. Sie hat leuchtend tiefschwarze Augen und schönes pechschwarzes Haar. Er kommt von der Mauer runter und starrt sie an, als sie vorbeigeht.

»Psst, he du, he du, psst. He du, bonita, oooh, du muy bonita chica«, flötet Dough Boy in seinem besten gebrochenen Spanisch. »Du chica bonita. Komm in meine casa und machen wir das loco Dings.«

Die Mädchen schielen zu ihm herüber, doch sie gehen weiter. Dann, als Dough Boy sich wieder seinen Freunden zuwendet, bleibt das Mädchen stehen und kommt zu ihm zurück. Sie lächelt im Gehen, und hinter ihr kichert die Gruppe von Schulmädchen vor Aufregung.

In der Crenshaw High School geht der Tag seinem Ende zu. Ricky ist im Umkleideraum und zieht seinen Dreß aus. Er liegt nackt auf der Bank, Gesicht und Körper gezeichnet von totaler Erschöpfung. Als die anderen Spieler gehen, rührt er sich nicht mal.

Ein ganz normaler Tag. South Central L. A.

# 7

Tre fährt eben von der Schule nach Hause, als er Brandi und ihre Mutter entdeckt, die Lebensmittel ins Haus bringen. Brandi, die auch von der Schule kommt, hat ihre Privatschul-Uniform an. Tre winkt ihnen zu.

Brandis Mutter winkt zurück, erfreut, ihn zu sehen. Die Dinge haben sich geändert, seit er ins Viertel gekommen ist. Jetzt hat Tre die meisten Qualitäten, die die Mütter in der Straße bewundern, und Brandis Mutter ist der Meinung, daß sie Glück gehabt hat, weil ihre Tochter sich mit dem einen Jungen aus der Straße angefreundet hat, den auch sie ihr ausgesucht hätte. Auch Furious hat sich wegen seiner hingebungsvollen Sorge um Tre viel Respekt in der Straße erworben, und Brandis Mutter hat mittlerweile entschieden eine Schwäche für ihn.

Brandi nimmt keine Notiz. Ihre Gefühle sind komplizierter. Ihrer Mutter wäre schockiert, denkt sie, wenn sie wüßte, worüber ihre Tochter und Tre in letzter Zeit hauptsächlich reden.

Mit zusammengepreßten Lippen nimmt sie eine Einkaufstüte und geht damit ins Haus, und als sie wieder rauskommt, steht Tre neben dem Wagen. Ihre Mutter lädt ihm beide Arme mit Einkaufstüten voll, und er trägt sie an Brandi vorbei hinein.

»Du hast mir nicht erzählt, daß Tre nächstes Jahr aufs Moorehouse College geht. Wieso redet ihr nicht mehr miteinander? Früher mal wart ihr so gute Freunde.«

Wenn du nur wüßtest, denkt Brandi.

»Weiß nich«, sagt sie. »Solltest mal ihn fragen.«

Tre kommt aus dem Haus, und Brandis Mutter säuselt ihn

noch ein bißchen an, trägt ihm Grüße an Furious auf und geht dann rein. Tre ist eben am Gehen, als Brandi es nicht mehr aushält.

»Was stimmt bloß nich mit dir?« platzt sie heraus.

Tre schaut weg.

»Hat irgendwer was zu mir gesagt?«

»Du hast mich schon gehört«, erwidert Brandi wütend. »Hör auf, blöde rumzutun, und sieh mich an.«

Sie kann ihre Wut nicht mehr im Zaum halten, und sie packt ihn und beginnt, auf ihn einzuschlagen.

Auf der anderen Straßenseite setzen Dough Boy und seine Freunde sich in Positur, eine Reihe interessierter Zuschauer.

»Wieso dieses Schweigen? Seit einer Woche hast du kein Wort mit mir geredet. Ich ruf an, und du sagst deinem Daddy, er soll sagen, du bist nicht da. Ich ruf noch mal an, und du legst den Hörer daneben. Was war so schlimm, daß du nicht mehr mit mir redest?«

Beide wissen, was es ist, doch Tre hat Brandi vermißt, und er hat diese Krise absichtlich heraufbeschworen. Er ist entschlossen, sie dazu zu bringen, daß sie mit ihm darüber redet, anstatt bloß nein zu sagen.

»Du weißt, was es war. Jetzt bist du an der Reihe.«

Brandi setzt sich schwungvoll nieder.

»Ich hab's dir gesagt. Ich bin katholisch. Es ist gegen meine Moral.«

Von den Mädchen, die er kennt, denkt Tre, muß Brandi eines der wenigen mit einer so strengen Moral sein. Und ausgerechnet mit ihr mußte er sich einlassen.

Auf der anderen Straßenseite wartet die Gang ungeduldig auf den nächsten Zug. Er kommt, als Brandi ärgerlich aufsteht und wieder ins Haus marschieren will, Tre sie jedoch zurückhält und sie sich wieder hinsetzen.

»Jetzt laß mich das ma klarstellen«, sagt er. »Du sagst, du

willst warten, bis du verheiratet bist. Ich hab gesagt, daß ohnehin ich es bin, der dich heiraten wird, also macht es keinen Unterschied, ob wir's jetzt machen oder später, wir werden sowieso heiraten.«

Tre versucht es mit logischer Intelligenz, um sie rumzukriegen, doch Brandi ist einfach zu sehr auf Draht, sich irgendwas einreden zu lassen.

»Ich möchte aufs College gehen«, sagt sie, »bevor ich heirate, und es gibt keine Garantie, daß ich dich heiraten werde. Schiet, ich will nich mal Kinder. Und du hast mir noch nich mal 'n Ring geschenkt.«

Tre wetzt verlegen herum.

»Ich bin noch nich soweit.«

»Aber so zu tun, wie wenn wir schon verheiratet wär'n, soweit biste, richtig?«

Darauf hat Tre keine Antwort. Statt dessen schaut er in die Ferne. Er hat jetzt alles versucht, und keiner der Tricks, von denen er gelesen und die er ausprobiert hat, scheint bei Brandi zu funktionieren. Wenn er noch etwas Grips hätte, denkt er, würde er sich irgendeine Tussi suchen, die bereit ist, ihm zu geben, was er will. Doch er weiß, das wird er nicht tun. Brandi bedeutet ihm zu viel. Er wendet sich zu ihr.

»Ich hab dich vermißt«, sagt er einfach.

»Ich dich auch.«

Sie rücken einander näher, und die Bewegung endet in einem langen, leidenschaftlichen Kuß.

Auf der Veranda gegenüber applaudiert Dooky zu der Versöhnung, seine Augen leuchten vor Vergnügen. Dough Boy sieht ihn an, als wäre er übergeschnappt. Er ist drauf und dran, was zu sagen, dann überlegt er sich's und nimmt einen Schluck aus seiner Literflasche. Auf der anderen Straßenseite jedoch ist eine Gruppe neugieriger Achtjähriger, die an Brandis Haus vorbeigekommen sind, stehengeblieben, um sich die Schau zu geben, und ihr Lachen stört das Liebespärchen. Der Kleinste von ihnen ist der Frechste, und als Tre sich überrascht umdreht, ruft er her: »Macht ihr noch weiter mit Eiapopeia?«

Tre klaubt ein paar Steinchen auf und wirft sie rüber, und sie rennen davon. Doch als er sich wieder umdreht, ist Brandi schon auf dem Weg ins Haus.

Tre (Cuba Gooding) und seine Freundin Brandi (Nia Long) sind im gleichen Stadtviertel von Los Angeles aufgewachsen.

*Folgende Seite:*
Tre (Cuba Gooding) und Dough Boy (Ice Cube) vor dem Haus von Tre's Vater Furious Styles (Larry Fishburne).

RENSHAW

Dough Boy (Ice Cube) hat den unberechenbarsten Charakter von den drei Freunden.

# 8

An diesem Abend hängt Tre am Telefon und redet mit Brandi, als seine Mutter anruft. Furious ist im Bad beim Rasieren.

Tre versucht Brandi rumzukriegen, wie üblich, und wie üblich läßt sie ihn abblitzen. Mitten im Gespräch ruft er zu Furious hinein.

»He, Paps, Brandis Mutter sagt, du bist süß.«

Furious kommt aus dem Bad, das Gesicht voll Rasierschaum, bereit, das Geblödel mitzumachen.

»Frag sie, warum sie nie antwortet, wenn ich hallo sage.«

Tre bestellt es, dann bricht er das Spiel ab.

»Eigentlich wollte ich mit dir reden und nicht Nachrichten weitergeben.«

Er lacht.

»Wenn mein Daddy sich mit deiner Mama einläßt, sind wir womöglich am Ende Geschwister, und dann würden wir Inzest machen. Was? Bloß Geflachse.«

Das Signallicht auf dem Telefon blinkt auf.

»Sekunde, ich krieg 'nen anderen Anruf.«

Er schaltet um.

»Wer is'n da? Hallo, Mama. Sekunde, ich hab Brandi auf der anderen Leitung.«

Er schaltet wieder um, und seine Stimme wird wieder romantisch.

»Also, Baby. Läßt du mich jetzt ma ran oder was?«

»Tre«, sagt Revas Stimme vorwurfsvoll. »Hier spricht deine Mutter.«

»Ups, tut mir leid, Mama. Bloß 'ne Sekunde.«

Er schaltet um, zurück zu Brandi.

»Brandi, ich muß Schluß machen.«

In ihrem Apartment in View Park trommelt Reva mit den Fingern auf die Armlehne der Ledercouch, während sie darauf wartet, daß Tre sich wieder meldet. Die Wohnung ist mit viel Leder, Naturholz und glänzendem Metall eingerichtet. Durch das Panoramafenster hat man einen weiten Blick auf die Stadt, ihre Lichter leuchten und blinken. Reva hat beruflichen Erfolg, genau wie sie es geplant hatte, doch manchmal fragt sie sich, ob der Preis dafür nicht zu hoch war. Als sie Tre zu Furious brachte, wollte sie ihn damit nicht aufgeben. Doch mit den Jahren haben sie sich auseinandergelebt, und sie hat die enge Vertrautheit verloren, die sie beide verband, als er noch klein war. Wenn sie etwas bedauert, dann das. Das Telefon klickt, und sie holt tief Luft.

»Wer is'n da?« sagt sie und macht Tre nach. »Was is 'n das für 'ne Art, sich zu melden?«

»'tschuldige, Mama«, murmelt er.

»Warum bist du am Wochendende nicht mal rübergekommen?«

»Ich war mit Rick aus.«

Er ist absichtlich nicht hingegangen, aber das kann er ihr nicht sagen.

»Na, mit deinen Freunden kannst du doch immer ausgehen«, sagt Reva, und ihre Stimme nimmt einen leicht aufgebrachten Unterton an. »Die Wochenenden sollten doch unsere gemeinsame Zeit sein. Hast du über das nachgedacht, was wir besprochen haben?«

Tre hat gewußt, daß sie das fragen würde. Bisher hat er sich um eine Antwort gedrückt. »Ja. Ich weiß noch nich.«

»Laß mich mal mit deinem Vater sprechen«, sagt Reva entschieden.

Tre ruft seinen Vater ans Telefon und geht weg, an ihm vorbei.

»Wer is'n da?« fragt Furious, auf genau dieselbe Art wie zuvor Tre.

Was sein Vater sagt, kann Tre auf dem Weg in sein Zimmer mithören.

»Oh, wie geht's? Wir haben darüber geredet. Ah, ah, naja, das ist seine Entscheidung. Ich persönlich glaub nicht, daß das notwendig ist.«

Tre bleibt an der Tür zu seinem Zimmer stehen und horcht.

»Du weißt genau, daß das Schwachsinn is«, sagt Furious. »Es gibt kein Grund, warum Tre jetzt plötzlich bei dir wohnen sollte. Er ist kein kleiner Junge mehr. Nein, nein, nein. Warum kriegst du jetzt 'n Rappel? Wegen was? Ich hab keinen, du hast 'n Rappel.«

Tre hat genug gehört. Außerdem kennt er das alles sowieso, und er macht die Tür zu, schließt sich ab gegen das Gespräch seiner Eltern, die sich seinetwegen streiten. Durch das offene Fenster kann er die Geräusche der Straße hören. Der Lichtkegel eines Helikopters streicht vorbei. Einen Moment lang fühlt Tre sich, als würde gleich das ganze Viertel über ihn hereinbrechen, dann steht er auf und schlägt das Fenster zu.

Gegenüber kommen eben Dough Boy und seine Kumpel aus dem Haus. Sie haben Nintendo gespielt, und Monster hat geschrien: »Sieh ma her, wie ich den Motherfucker abschieße, guck ma! Päääng! Weggeputzt!«

Dough Boy hatte ihn gewarnt: »Du, Monster, fluch hier ma nich so scheißlaut rum, meine Mutter kann so 'n Scheiß nicht leiden«, und ihn dafür gerügt, wie er sich auf die Couch geflätzt hatte: »Komm schon, Mann, zieh dir 's Plastik unter, du sitzt auf 'm guten Teil«, doch Mrs. Baker hatte ihn aus dem Zimmer gerufen. »Siehste, jetzt krieg ich wieder 'n ganzen Scheiß zu hören«, hatte er sich beschwert.

»Mann«, hatte Chris verwundert gesagt. »Seine Mam hat

ihn aber auch wegen allem am Arsch. Bei Rick is se aber nich so.«

Dooky nickte wissend.

»Sie ham verschiedene Väter, deshalb.«

Als Dough Boy zurückkam, fing er sofort an, sie aus dem Haus zu bugsieren.

»Ihr müßt alle ma stantepe raus hier«, sagte er. »Mein Bruder kriegt gleich Besuch.«

Jetzt gehen sie auf die Veranda hinaus und stellen sich darauf ein, dasselbe wie immer zu machen, trinken, quatschen, rumstänkern.

Ein Nissan Sentra, neuestes Modell, Baujahr '89, biegt im Kriechgang um die Ecke und rollt langsam durch die Straße. Die Jungs sind sofort auf dem Posten. Aus einem Wagen, der so daherkommt, könnte rausgeschossen werden; fast mit Sicherheit ist er eine Bedrohung, und Dough Boy steht auf dem Sprung und behält ihn sorgfältig im Auge. Das Fenster wird runtergekurbelt.

»Wißt ihr, wo Ricky Baker wohnt?«

Es dauert einen Moment, bis die Jungs sich wieder fangen. Dough Boy reagiert als erster. Rickys Besucher, vermutet er. Der Talentesucher von der University of Southern California.

»Das ist mein Bruder«, ruft er mit einem seltsamen Anklang von Stolz in der Stimme. »Der wohnt hier.«

Er wendet sich zur Tür.

»Du, Rick, der Herr für dich ist da.«

Keinem fällt auf, daß Dough Boy sich gewählter ausdrückt. Wenn er will, kann er.

Ein Schwarzer mit Hornbrille, in einem ordentlichen Anzug und mit einem Aktenköfferchen in der Hand steigt aus dem Wagen und geht die Treppe hoch, wo Dough Boy, Monster, Dooky und Chris sitzen. Während er näherkommt, streicht oben ein Hubschrauber vorbei. Die Jungs nehmen ihn kaum wahr, doch der Blick des Mannes zuckt nervös nach oben. Er hat noch nie in so einem Viertel gewohnt, aber er hat in den Nachrichten davon gehört, von Schüssen aus fahrenden Autos, Bandenkämpfen, Bad Boys wie die, die ihm von der Veranda entgegensehen. Die Jungs mustern ihn neugierig; er kann ihren Gesichtern nichts entnehmen, und für ihn sind sie der beängstigendste Anblick, der ihm bisher vorgekommen ist. Doch er kennt seine Aufgabe. Ricky ist eine der größten Hoffnungen, die er in diesem Jahr gesehen hat, und er ist entschlossen, ihn an die USC zu bringen.

»Von was für 'nem College sin Sie?« fragt Dooky.

»USC.«

»Braucht man für die USC 'n Stipendium?« Das kommt von Monster, der über die ganze Sache nachgedacht hat.

Versuch's mal ohne, denkt der Werber, doch er lächelt. »Nein, aber es hilft.«

»Eh, Sie. Könn Sie mir 'n Stipendium verschaffen?« fragt Monster entschlossen. »Ich hab früher ma Baseball gespielt.«

Irgendwo tief drin in Monster flackert eine heimliche Hoffnung auf. Er hat die Schule sausen lassen, aber früher mal davon geträumt, Profisportler zu werden oder vielleicht für eine Universität zu spielen. Er weiß, es gibt keine Hoffnung, aber fragen muß er doch.

Der Werber schaut noch nervöser drein, beunruhigt über Monsters Beharrlichkeit, doch Dough Boy rettet ihn aus der peinlichen Situation.

»Wieso geht ihr dem Mann nich ma aus 'm Weg? Ihr seht ja, er hat zu tun. Geh aus 'm Weg, Nigger.«

Die Jungs treten enttäuscht beiseite, und Dough Boy geleitet den Mann ins Haus, wo Mrs. Baker schon wartet. Ihr Anblick beruhigt ihn wieder. Sie hat sich in Gala geworfen, sieht hübsch aus und lächelt zuckersüß.

Er streckt die Hand aus und stellt sich vor.

»Hallo, ich bin Lewis Crump. Sie müssen Rickys Mutter sein?«

Er überlegt, ob er ein Kompliment riskieren soll, doch bei dem Gedanken, daß Dough Boy nur um Armeslänge hinter ihm steht, läßt er es lieber.

»Hallo, ich heiße Brenda«, sagt Mrs. Baker. »Das hier ist mein zweiter Sohn, Darin. Möchten Sie irgendwas trinken? Kaffee? Wasser?«

Dough Boys Miene ist das reine Erstaunen. Doch es steht auch ein bißchen Verdruß darin. Er hat noch nie gesehen, daß seine Mutter sich so benimmt.

Ricky und Shanice kommen herein, und Crump lächelt, erfreut ihn zu sehen. Sie beginnen über Football zu reden, Ricky selbstbewußt und entspannt, Crump schmeichelnd. Mrs. Baker scheucht Dough Boy und Shanice, die interessiert zusehen, hinaus, und alle lassen Ricky mit Crump allein.

»Nun«, meint der Werber und sagt seinen üblichen Spruch auf, »ich möchte dir zuerst mal sagen, daß wir interessiert sind, daß du zu uns auf den Campus kommst und dich mal umsiehst. Du weißt schon. Um einen Eindruck von allem zu kriegen.«

Ricky nickt, doch seine Aufmerksamkeit ist woanders. Er nimmt die Fernseh-Fernbedienung und schaltet ein Video mit den Höhepunkten seiner besten Spiele ein. Das Band zeigt ihn, wie er quer übers Feld läuft und Pässe annimmt, mit einem coolen Rap-Rhythmus am Baß im Hintergrund. Crump hat derlei hundertfach gesehen und ist nicht sehr scharf drauf, aber er tut beeindruckt. Am Schluß wartet er geduldig, während Ricky noch von seinem besten Spiel erzählt.

»Wofür interessiert du dich noch«, fragt er unvermittelt, »außer fürs Spielen?«

Ricky muß einen Augenblick nachdenken. Bei der Frage kommt er ins Schleudern.

»Was meinen Sie damit?«

»Ich meine«, sagt Crump, »was willst du als Hauptfach belegen? Welchen Abschluß strebst du an? Ich frage nur; denn du weißt ja, es gibt durchaus die Möglichkeit, daß du nicht gleich nach dem College in die Profiliga kommst. Nur als Hinweis; so was kommt vor.«

Crump muß das sagen. Er hat schon so viele junge Schwarze nach dem Ende einer Karriere als Uni-Sportler untergehen sehen, wegen Verletzungen oder weil sie nicht gut genug waren oder verpfuscht von Rauschgift und Verbitterung. Ricky hat davon gehört, doch seine Phantasie reicht nicht so weit, sich vorzustellen, daß ihm auch so was passieren könnte. Er denkt einen Moment nach.

»Ja, da hab ich schon von gehört«, sagt er und setzt sein ernstes Gesicht auf. »Ja, naja. Ich denke, ich würde mich für Wirtschaft als Hauptfach interessieren. Ich hab einen Freund, der heißt Tre und redet immer davon, in die Wirtschaft zu gehen und so. Außerdem mag ich Computer, vielleicht kann ich damit was machen. Was meinen Sie?«

Crump lächelt.

»Ich meine, junger Bruder, du kannst alles, was du dir vornimmst.«

Das gehört zu Crumps Job, doch er ist auch gerührt über die Ehrlichkeit und Naivität des Jungen. Ricky ist sich seiner Fähigkeiten, abgesehen von Football, nicht sehr sicher, und als er nickt, ist es eine nervöse unbestimmte Geste.

Während Crump und Ricky reden, sprechen die Jungs auf der Veranda über die Vorteile einer Universitätsausbildung.

»Also, ich kam da hin, ja?« beginnt Monster. »Weil mein Vetter damals immer um 'ne bestimmte Zeit Vorlesung hatte und er sagte, er würde mich rumführen und Leuten vorstellen, ihr wißt schon. Also dann, ich geh da hin, und da sind nischt wie Weiber, Schnitten, soweit das Auge reicht. Und alle hübsch. Und die, wo nich so hübsch waren, an denen war immer noch wie irre was dran! Dicke Bauernärsche, große Bauerntitten! Von dem ganzen Schwarzbrot und lauter so Scheiß, schätz ich.«

»Jaa«, sagt Dooky mit leuchtenden Augen. »Da würd ich auch aufs College gehen, all die hübschen Schnitten anquatschen.«

»Idiot«, bricht Dough Boy harsch in den Traum ein. »Damitste Tussis anquatscht, gehste nich aufs College. Dort sollste was lernen. Vom blöden Tussis-Anquatschen kannste nischt lernen.«

Gegen Dough Boy kommen sie nicht an, und Chris wechselt das Thema.

»Wißt ihr, wo man hin muß, wo's mehr Weiber gibt als irgendwo? Auch hübsche?«

Jeder hat einen anderen Vorschlag. Monster sagt, Samstag abend auf dem Crenshaw Boulevard. Dough Boy kommt mit den Straßenrennen auf der Florence Avenue.

»Nee«, sagt Chris. »Liegt alle weit daneben. Ich geb euch 'n Tip. Es war jeder schon mal da.«

»Wo?« Dooky kann sich kaum mehr zurückhalten, so gierig ist er, es zu erfahren.

»Wo?« schreit Dough Boy, der die Geduld verliert. »Wo? Scheiße, rück schon raus damit.«

Alle sehen Chris an und warten gespannt auf den Namen des wundersamen Ortes, wo es Frauen im Überfluß gibt.

»In 'er Kirche«, sagt Chris triumphierend.

Die Jungs platzen vor Ungläubigkeit.

»Eh, Scheiße, Nigger, bitte«, sagt Dough Boy. »Geht doch keiner inne Kirche, um Tussen aufzureißen.«

»Nee, im Ernst«, erwidert Chris ernsthaft. »Hört mal. Letzten Sonntag bin ich inne Kirche, waren nischt wie Bräute da, alle voll auf Kekse ohne, und ich fast der einzige Mann, so in mei'm Alter. Und die Schnitten ham alle dauernd hergeguckt und so was.«

Dough Boy sieht ihn an und schüttelt traurig den Kopf.

»Ham sich wahscheinlich gefragt, wo kommt bloß der blöde Motherfucker her?«

Die Unterhaltung geht weiter. Heute abend sprudeln die Jungs über beim Aufschneiden und Debattieren. Im Haus, wo ihre Stimmen schwach zu hören sind, bringt Crump das Gespräch zum Abschluß, indem er Rickys Qualifikationen nachprüft und ihm einige abschließende Instruktionen gibt.

»Also grundsätzlich«, sagt er. »Du hast einen Notendurchschnitt von zwei Komma drei in den Fächern, die wir verlangen. Jetzt mußt du nur mehr den Eignungstest machen.«

Zwei Komma drei ist nicht so schlecht, denkt er, niedrig, aber durchschnittlich niedrig. Der Akademische Eignungstest ist wieder was anderes. Er beäugt Ricky, der verwirrt dreinschaut.

»Ja«, sagt er. »Von dem Test hab ich gehört.«

Jeder kann den Test schon im vorletzten Jahr auf der High School machen, mit sechzehn oder siebzehn, und Ricky weiß, daß er die Zukunft für einen entscheidet. Tre und Brandi haben ihn schon gemacht und gut abgeschnitten; beim nächsten Mal wollen sie es wieder versuchen, um ihre Ergebnisse noch zu verbessern. Bisher ist es Ricky jedoch gelungen, sich gar nicht erst darauf einzulassen.

»Der nächste Termin ist im Oktober. Wirst du antreten?«

»Ja, ich schätze, schon«, sagt Ricky und versucht so dreinzuschauen, als hätte er das schon längst vorgehabt. »Ohne das kann ich nich auf die Uni. Richtig?«

Crump macht sich nicht erst die Mühe, darauf zu antworten.

»Merk dir bloß eines«, sagt er beruhigend. »Alles, was du brauchst, sind siebenhundert Punkte.«

Die meisten seiner Sportler würden das mit Leichtigkeit schaffen.

Plötzlich kommt Klein Ricky hereingelaufen, mit einem

Handtuch um. Er läuft vor Crump und Ricky auf und ab, lacht und brabbelt Babysprache. Shanice kommt gleich hinterher, versucht ihren Sohn wieder einzufangen und gleichzeitig ihre Verlegenheit zu verbergen.

»Ich hab versucht, ihn zu baden«, sagt sie lachend. »Komm her.«

Sie schnappt ihn und zieht sich, mit einem entschuldigenden Lächeln zu dem Gast, zurück, doch Crump ist entzückt von dem Baby und wendet sich mit freundlicher Miene an Ricky.

»Dein kleiner Bruder?«

»Nee«, sagt Ricky in unbekümmertem Stolz. Er ist sich überhaupt nicht bewußt, welche Wirkung der Umstand, daß er als Teenager schon Vater ist, auf manche Leute hat. »Das ist mein Sohn.«

Crumps Lächeln wird brüchig und fällt in sich zusammen.

»Oh.«

Er rafft seine Papiere an sich und packt sie in den Aktenkoffer, klappt ihn zu und erhebt sich in einer geschmeidigen eingeübten Bewegung. Sie verabschieden sich, und Crump geht schnell hinaus. Als er die Treppe hinunterstürmt, ruft Monster ihm nach.

»Du, Mann. Willste mich hängenlassen wegen dem Stipendium oder was? Ich will auch aufs College.«

Dough Boy steht auf.

»Du, Mann«, sagt er zu Monster. »Könntest du bitte ma deine Scheißklappe halten?«

Durchs Fenster kann er sehen, wie seine Mutter aus der Küche gelaufen kommt, um Ricky zu umarmen. Sie platzt beinahe vor Stolz und Freude und hat Tränen in den Augen. Urplötzlich hat sie das Gefühl, daß sich alles doch gelohnt hat. Jetzt kann sie genauso stolz auf ihren Sohn sein wie Furious auf Tre. Sie drückt Ricky an sich.

»Mein kleiner Junge geht auf die Universität«, schluchzt sie auf. »Ich hab immer gewußt, aus dir wird mal was. Schon als kleiner Junge bist du immer mit 'm Football unterm Arm rumgelaufen. Ich bin so stolz auf dich.«

Über ihrer Schulter kriegt Ricky feuchte Augen, und als sie ihn losläßt, geht er an ihr vorbei in die Küche, nimmt sich ein Stückchen Fleisch vom Herd und geht dann langsam in sein Zimmer. Mrs. Baker bleibt mitten im Zimmer stehen, die Hände ineinandergefaltet, starr vor Freude.

Durchs Fenster hat Dough Boy die ganze Szene mitangesehen. Eine seltsame Mischung von Gefühlen durchläuft ihn. Stolz und Sichfreuen für Ricky, Ärger über seine Mutter, weil sie so deutlich zeigt, wie sehr sie seinen Bruder liebt, während sie ihn das ganze Leben lang wie einen Haufen Scheiße behandelt hat, und hinter alldem steht eine Art Selbstbedauern. Er ist schlauer als Ricky, denkt er, das hat er immer gewußt. Fast so schlau wie Tre, nur anders. Bloß, daß seine Mutter so ziemlich der einzige Mensch weit und breit ist, der das nicht weiß. Als er darüber nachdenkt, beobachtet er sie noch, wie sie sich aufs Sofa setzt und lächelnd den Kopf zurücklegt. Dann wendet er sich wieder den Jungs zu.

»Laßt uns was unternehmen«, sagt er.

# 9

Wenn er an den Abend zurückdenkt, als Crump, der College-Werber bei ihm war, versteht Ricky nicht, wo all die Zeit hin ist. Zuerst schien er jede Menge Zeit zu haben, und er war entschlossen, so schwer zu pauken, wie er nur konnte. Tre bot an, ihm Nachhilfe zu geben, und er nahm dankbar an. Sie wurden engere Freunde als je zuvor, saßen zusammen in Furious' Küche und gingen Fragen von der Art durch, wie sie vielleicht kommen konnten. Wortschatzübungen, ungekürzte Divisionen, Bruchrechnen, Prozentrechnen. Ricky arbeitete so hart wie noch nie in seinem Leben. Manchmal kam Furious rein, sah sie da sitzen, gab ihm einen Klaps auf die Schulter und ging ins Wohnzimmer. In der Zeit fühlte sich Ricky gut, als würde er weiterkommen, doch als der Test näher und näher rückte, wurde es in seinem Kopf Mattscheibe, wie es immer passierte, wenn er eine Prüfung in der Schule schreiben mußte.

Jetzt sitzt er im Klassenzimmer und wartet auf den Beginn des Tests. Der Raum ist voll von schwarzen Schülern, und darunter sind alle seine Freunde. Von seinem Platz aus kann er Tre, Brandi und Shanice sehen. Vorn steht ein Lehrer und legt die Regeln für die Prüfung fest. Ricky versucht so genau zuzuhören, wie er nur kann.

»Bitte lassen Sie die Prüfungsmappen geschlossen«, sagt der Lehrer. »Sie haben dreißig Minuten für jeden Prüfungsabschnitt. Bitte hören Sie auf, wenn Sie dazu aufgefordert werden. Sie können, wenn Sie mit einem Abschnitt fertig sind, nicht zu einem früheren zurückgehen.«

Tre sieht zu Brandi hinüber, mit verträumten Augen, um ihr

Glück zu wünschen. Dann wendet er sich zu Ricky und macht dasselbe. Shanice und Brandi signalisieren sich mit den Augen ebenfalls: viel Glück.

»Sie können jetzt mit Abschnitt eins beginnen«, sagt der Lehrer.

Das ist das Zeichen, vor dem Ricky sich gefürchtet hat. Er schlägt langsam seine Prüfungsmappe auf und schielt rüber zu seinen Freunden, um zu sehen, was sie machen. Jeder von ihnen arbeitet auf unterschiedliche Weise an seinen Antworten, und man kann an der Art, wie sie an die Sache herangehen, etwas über die Persönlichkeit jedes einzelnen sagen. Tre wirkt ruhig und stetig. Er arbeitet auf Konzeptpapier vor, ehe er ein Kästchen ankreuzt. Brandi huscht über die Aufgaben mit Leichtigkeit hinweg, macht die Rechnungen im Kopf, und kreuzt ungefähr alle zehn Sekunden eine richtige Antwort an. Shanice ist schlampig. Sie radiert häufig und hinterläßt eine Spur von Gummifusseln auf dem Papier, die sie wegbläst; dann sieht sie sich um, um festzustellen, ob irgend jemand sie in ihrer Verlegenheit beobachtet.

In der Zwischenzeit ist Ricky in großen Schwierigkeiten. Er hängt bei einer Frage über Prozentsätze fest, und er weiß zwar, daß er es kann, aber irgendwie kriegt er es nicht hin. Er legt sich die Hand auf die Stirn, als bekäme er davon Kopfschmerzen, dann sieht er von seinem Prüfungsbogen hoch und aus dem Fenster. Er fängt an zu träumen und denkt an das, was Crump an jenem Abend zu ihm sagte. »Alles, was du brauchst, sind siebenhundert Punkte.«

Tre starrt zu ihm her, und er spürt, daß er beobachtet wird. Als ihre Blicke sich treffen, sieht Tre auf seinen Bogen hinunter und bedeutet Ricky, das gleiche zu tun. Ricky nickt und macht sich wieder an den Test, doch sein Blick ist bedrückt und frustriert. Wenn ich das verhaue, denkt er, ist mein ganzes Leben versaut.

# 10

Die Prüfung ist vorbei, und Tre fährt Ricky, Brandi und Shanice nach Hause. Ricky sitzt hinten und sieht aus dem Fenster, genau wie während der Prüfung. Eine Zeitlang sagt keiner ein Wort, bis Tre das Schweigen bricht.

»Wieviel, glaubst du, hast du geschafft?«

»Es war leicht«, sagt Brandi. »Ich hatte 'n Buch, um danach zu lernen.«

Tre geht darüber hinweg. Er sieht sich im Rückspiegel Rikkys Gesicht an.

»Mann«, sagt Ricky verdrossen. »Frag mich erst gar nich nach dem blöden Test. Alles, was ich will, sind siebenhundert Punkte. Alles andere is mir egal.«

»Ich hatte beim letzten Mal, als ich ihn machte, schon siebenhundert, in der elften Klasse«, sagt Shanice keck.

Ricky wirft ihr einen zornigen Blick zu, und sie blickt trotzig zurück. Tre und Brandi bekommen Ricks Verdrossenheit und die Spannung, die dadurch entsteht, wohl mit, sagen aber nichts. Geht sie ja nichts an.

Tre hält vor Brandis Haus, und ehe sie aussteigt, erinnert sie ihn daran, daß sie an diesem Abend um zehn verabredet sind. Dann gibt sie ihm einen langen Abschiedskuß, der immer länger und länger wird. Hinter ihnen verdreht Ricky die Augen, was bedeuten soll, daß er so was für doof hält. Doch Shanice schaut ihren beiden Freunden neugierig zu und geht so nahe ran, daß sie die beiden fast berührt, während sie sich küssen.

»Wieso küßt du mich eigentlich nich mehr?« fragt sie Ricky, ihre Augen blitzen herausfordernd.

»Ich küß dich schon«, sagt Ricky. Er will sich darauf jetzt

nicht einlassen, schon gar nicht, wenn Shanice so kratzbürstig aufgelegt ist.

»Jaja«, sagt sie sarkastisch. »Du küßt mich, wenn du bumsen willst. Du benimmst dich wie 'n Ehekrüppel.«

In diesem Augenblick fühlt Ricky sich auch genauso, doch das sagt er nicht. Statt dessen nimmt er sie in die Arme, beugt sie weit nach hinten und gibt ihr einen romantischen Kuß. Als er sie losläßt, sieht er, daß sie weicher wird, und kann nicht widerstehen, sie ein wenig aufzuziehen.

»Siehste, und dabei will ich jetzt gar nich mal bumsen.«

Shanice streicht sich das Haar glatt. Sie ist besänftigt, aber nachgeben will sie nicht.

»Jaja«, sagt sie. »Wirst schon ma wieder wollen.«

Brandi und Tre hören endlich auf, sich zu küssen, und Brandi steigt aus, während Shanice bleibt, wo sie ist. Ihr Haus liegt der Stelle, wo sie parken, genau gegenüber, und als Ricky merkt, daß Shanice nicht aussteigen will, explodiert er.

»Kannste nich zu Fuß über die Straße gehen?«

Eigentlich hat Shanice auf Ricky gewartet, doch jetzt weiß sie, daß er bei Tre bleiben möchte, und steigt aus. Genau das hat sie mit »Sich benehmen wie ein Ehekrüppel« gemeint, seine Frau zu Hause absetzen und dann mit seinen Freunden verschwinden, doch sie beschließt, nichts mehr zu sagen.

»Wann bist du wieder daheim?« fragt sie.

Zu der Art, wie sie sich zuvor mausig gemacht hat, scheint diese Frage obendrein darauf angelegt, daß er vor einem Freund das Gesicht verliert, und er steigt wütend aus, klettert auf den Vordersitz und schlägt die Tür zu.

»Wenn mir danach is«, zischt er Shanice zu.

Als Tre losfährt, geht Shanice langsam nach gegenüber, wo Mrs. Baker auf der Veranda steht, den kleinen Ricky auf dem Arm. Sie wirft Shanice einen mitleidigen Blick zu, doch Shanice nimmt ihr einfach das Baby ab und drückt es an sich.

Ein paar Minuten später ist Tre schon unterwegs nach Compton. Er hat sich für den Test den Tag freigenommen, und jetzt will er Furious in seinem Büro besuchen. Neben ihm streckt sich Ricky und lehnt sich zurück. Er kommt mit. Er guckt aus dem Fenster.

»Mann«, sagt er. »Ich kann nich glauben, daß du Brandi noch nich an die Wäsche gegangen bist.«

»Sie will nich, solange wir nich verheiratet sind.«

Er hofft zwar noch, aber mittlerweile kann er damit leben.

»Das is Blödsinn«, sagt Ricky im Brustton der Überzeugung. »Die wollen die Latte doch alle. Sie geben's nur nicht gern vor wem zu, außer bei ihren Freundinnen und so. Du glaubst, du spielst mit ihnen, dabei spielen sie mit dir. Is aber auch cool. Wenigstens weißte, daß de nich bloß 'ne Bumstrulli an 'er Hand hast.«

Tre nickt. Er will mit einem Mann von Rickys Erfahrung mit Sex und Frauen nicht streiten, aber insgeheim denkt er, daß Brandi anders ist.

Kurz darauf fahren sie über den Alondra Boulevard. Sie sind in der Nähe des Flughafens, und ein kleines Flugzeug zieht über ihren Köpfen hinweg. Als Ricky sich hinausstreckt, um ihm nachzuschauen, bemerkt er das Schild mit der Aufschrift WILLKOMMEN IN COMPTON. Er sieht mit Besorgnis darauf. »Gottverdammt«, sagt er, »Jesses Maria, wir sind in Scheiß-Compton. Mein Bruder hat hier 'ne Tille gehabt und ist fast erschossen worden ihretwegen.«

Tre beruhigt ihn, und nach ein paar Minuten sind sie vor Furious' Büro angelangt. Es ist ein Ladenlokal, über dem in gewaltigen Lettern FURIOUS STYLES FINANZSERVICE steht.

Furious ist am Telefon, doch er sieht sie hereinkommen und nickt ihnen grüßend zu. Dann legt er den Hörer auf und lehnt sich in seinem Stuhl zurück. Hier in seinem eigenen Büro hat Furious die Selbstsicherheit eines Königs auf seinem Thron.

Als erstes fragt er, wie es ihnen bei der Prüfung ergangen ist, und als beide murmeln: »Ganz gut«, erklärt er ihnen, daß die meisten solcher Tests kulturelle Vorurteile enthalten. Dann: »Also, was macht ihr beiden Tiefflieger hier draußen?«

Furious ist ein selbständiger Kreditmakler, und als Ricky ihn über sein Geschäft befragt, beginnt er zu erklären, bricht aber dann ab.

»Wollt ihr was sehen?«

Wenig später fahren sie in Furious' Wagen durch Compton. Sie halten an einer Ecke vor einem unbebauten Grundstück, und Furious steigt aus.

»Ich weiß nich, Furious«, sagt Ricky nervös. »Läßt uns da am Arsch von Compton zu Fuß rumlatschen und so.«

»Das sind die neunziger Jahre. Wir fürchten uns nicht mehr vor unseren eigenen Leuten«, sagt Furious. Er führt sie vor eine Plakatwand auf dem Grundstück. Der Anschlag darauf offeriert: HÖCHSTPREISE FÜR IHR HAUS.

»Seht mal da rauf«, sagt Furious. »Wißt ihr, was das ist? Wißt ihr, wie man das nennt?«

Tre und Furious schauen sich erst gegenseitig an und dann wieder Furious.

»Ein Plakat.«

»Nein«, sagt Furious gereizt. »Wer seid ihr beiden denn? Amos und Andy? Bist du Step und er Fetch? Ich meine, wofür das hier steht. Es heißt Luxussanierung.«

An der Straßenkreuzung kommen Leute aus der Gegend vorbei, und Furious' Auftreten und seine Stimme erregen Aufmerksamkeit. Eine kleine Menschenmenge beginnt sich hinter Tre und Ricky anzusammeln, die verwundert, wie schnell das geschieht, um sich blicken. Furious bleibt gelassen und spricht in den gleichen starken Tönen weiter.

»Das bedeutet, daß die Grundstückspreise in einer bestimmten Gegend runtergedrückt werden, so daß Baugrund zu niedrigen Preisen zu haben ist. Dann kaufen sie, vertreiben die alteingesessenen Bewohner, setzen die Grundstückspreise rauf und verkaufen mit Profit weiter. Wir müssen dafür sorgen, daß unser Viertel eine schwarze Gegend bleibt. Schwarze Besitzer, mit schwarzem Geld, genau wie die Italiener, die Koreaner, die Mexikaner und die Juden es machen.«

Die Menge rund um Furious zeigt mittlerweile Reaktion. Die meisten Leute nicken zustimmend mit den Köpfen, nur ein alter Mann ganz vorne nicht. Er schaut skeptisch. Das hat er alles schon gehört oder in den Zeitungen der Black Muslims gelesen, und er rüstet sich zum Widerspruch.

»Von draußen macht keiner was, daß die Grundstückspreise fallen«, ruft er, »das sind die Leute von hier, die sich gegenseitig abschießen, Crack verkaufen und so 'n Scheiß.«

Furious sieht ihm ins Gesicht.

»Und wie, glaubste, kommt das Crack hierher? Wir haben keine Schiffe, wir haben keine Flugzeuge. Wir sind es nicht, die das Scheißzeug ins Land schippern und fliegen. Aber alles, was man im Fernsehen zu sehen kriegt, sind Schwarze, die Crack verkaufen. Pusher, lauter Pusher. Es wurde nich ma zum Problem, bis es in Gegenden wie Iowa und an der Wall Street auftauchte, wo's gar keine Schwarzen gibt. Und wennste schon was von Waffen sagst...« Jetzt ist Feuer in Furious' Stimme, und er steht stolz und aufrecht da. In der Menge sind ein paar Gangster, und er sieht ihnen fest in die Augen. »Wieso gibt's in diesem Teil der Stadt an jeder Ecke einen Waffenladen? In Scheiß-Beverly Hills siehste keine. Dort gibt's auch nich an jeder Ecke 'nen Schnapsladen.« Er macht eine Pause. »Ich werd euch sagen, wieso. Weil sie wollen, daß wir uns gegenseitig umbringen. Was sie uns in der Sklaverei nich antun konnten, sollen wir uns jetzt selber antun. Der beste Weg, ein Volk zu zerstören, ist, ihm die Möglichkeit zu nehmen, sich fortzupflanzen. Laßt mich ma eins fragen. Wer wird denn jede Nacht hier draußen umgebracht? Die Männer. Lauter Brüder.«

Die Gangster sehen einander an. Furious' Stil macht ihnen Eindruck, und was er sagt, kennen sie. Einer von ihnen ruft aus der Menge zurück.

»Also, was soll ich tun, wenn irg'nd'n Blödmann angefahren kommt und mich wegblasen will? Ich werd auf den Blödmann schießen, wenn er mich nich zuerst erwischt.«

Furious sieht ihn mit resigniertem Gesicht an. Dann gibt er sich einen Ruck, um dem Bruder eine Lektion zu erteilen.

»Kannste das nich verstehen? Genau das wollen sie doch. Du mußt ma an die Zukunft denken, Bruder. Weißte, daß die Leute damit rechnen, daß die schwarze Bevölkerung in den nächsten zwanzig Jahren abnehmen wird? Nicht raufgehen. Sondern runter. Du solltest ma darüber nachdenken, was du tun kannst, damit das nich passiert.«

# 11

Auf der Fahrt zurück in ihr Viertel sind die Jungs nachdenklich. Sie spüren noch den Nachhall von Furious' Worten und der Art, wie sie auf die Zuhörer gewirkt haben.

»Das hätte mein Bruder ma hören sollen«, sagt Ricky. »Hätte ihm gutgetan.«

Tre nickt.

»Wo is er jetzt?«

»Wo schon? Oben auf 'm Crenshaw mit den anderen Blödmännern und ihren Autos.«

Doch genau dahin sind sie auch unterwegs.

Auf dem Crenshaw Boulevard herrscht die allabendliche Party-Stimmung. Auf beiden Straßenseiten stehen Autos aufgereiht, jede Reihe ist eine Paradeformation einer bestimmten Automarke und eines bestimmten Modells. Das sind die Crenshaw Autoclubs. Der Suzuki-Samurai-Club, der Mustang-5,0-Club, der V-Dub-Club, die BMWs, der '64er Impala-Club. Die Wagen schimmern und glänzen und verstellen die Straße mehr wie Kultobjekte denn wie Maschinen für den bescheidenen Zweck der menschlichen Fortbewegung.

Neben ihren Autos kann man die Besitzer rumlehnen sehen; sie quatschen mit den Ladys, die in ihren eigenen Wagen vorbeikommen. Andauernd kommen und gehen Leute, spazieren in Gruppen vorbei und bleiben stehen, um mit ihren Freunden zu reden, die am Bordstein parken. Über all den wirren Geräuschen liegt der stetig stampfende Baß eines Rap-Sounds.

Dough Boy sitzt kerzengerade am Steuer seines '64er Impala. Neben ihm Shalika, auf dem Rücksitz Chris und Dooky.

Chris und Dooky diskutieren über Religion.

»Glaubst du an Gott?« fragt Chris.

Dough Boy redet dazwischen. »Wieso wirste in letzter Zeit bloß so verdammt fromm?«

»Blödmann, ich hab nich mal mit dir geredet. Das hier is 'n Zweiergespräch, und du kannst abschieben.«

»Ach ja, und du kannst auch gleich von mei'm Rücksitz abschieben, und dann könn' wir dei'm Krüppelarsch beim Heimwetzen zusehen«, sagt Dough Boy.

»Ach, kommste dir gut vor. Geh scheißen, Nigger.«

»Ob ich an Gott glaub?« sagt Dooky, »ja, ich schätze, schon. Wie könnten wir sonst Sachen haben wie die Sterne und den Mond und den ganzen Scheiß?«

»Sonne, Mond und Sterne, Quasare, der Nigger hört sich an wie Elroy Jetson«, sagt Dough Boy. »Es gibt kein Gott. Wenn 's 'n Gott gäbe, wieso läßt er dann zu, daß jede Nacht irgendwelche Motherfucker allegemacht werden? Babys und kleine Kinder und so? Sag mir das ma.«

Shalika schaltet sich ein.

»Sag du mir mal was. Woher weißt du, daß Gott 'n Er is? Könnt ja auch 'ne Sie sein, weißte das nicht?«

»Du hast kein Schimmer, was ich scheißweiß oder nich. Ich hab über den Scheiß gelesen, wie ich im Bau war. Da gab's so 'n Buch, wo se versucht haben, das Leben und so vom Standpunkt zu sehen, wie wenn Gott 'ne Fuffi wäre. Und dann stand, daß wir keine Atombomben und so Scheiß haben würden und daß kein Krieg und all das mehr wär, weil so was bei 'ner Fuffi nich in der Natur liegt.«

»Warum mußt du jedesmal Fuffi oder Schnalle oder Schlampe sagen«, gibt Shalika zurück, »wenn du über 'ne Frau redest?«

»Weil die meisten Weiber welche sind«, sagt Dough Boy.

»Ja«, pflichtet Chris bei, durch Shalikas Aufbegehren ermutigt, »und wieso mußt du die ganze Zeit Motherfucker sagen? Bei jedem zweiten Wort, was du sagst, is Motherfucker drin. Ich weiß, ich sag's auch, aber ich hab ma drüber nachgedacht, was es heißt, wenn ich das sag.«

Dough Boy macht eine Handbewegung.

»s' heißt nichts Schlimmes, ich versuch bloß rüberzukriegen, was ich meine.«

»Trotzdem solltest du's nich sagen.«

Dooky stimmt in den Mißbilligungschor ein, und Dough Boy dreht sich mit hochgezogenen Augenbrauen zu ihm um.

»Und wer bist du jetzt, Reverend Ike? Halt's Maul, Motherfucker, bevor ihr eure Ärsche zu Fuß nach Haus tragen könnt.«

So enden ihre Streite üblicherweise, doch Dough Boy ist erleichtert, als er Tre und Ricky vorfahren sieht. Sie steigen aus und kommen auf Dough Boys Wagen zu.

»Wo kommt ihr 'n her?« fragt er, als sie den Impala erreichen.

»Compton. Und was macht ihr so?«

Dough Boy blickt spöttisch um sich.

»Wir sitzen hier bloß rum und philosophieren über Gott, die Kirche, Weiber und all so was.«

Ricky und Tre stehen neben dem Wagen, eben kommt eine Gruppe Brüder in roten Hosen und roten Satinjacken die Straße entlang, angeführt von Ferris, und im Vorbeigehen streift er an Ricky an. Ricky starrt ihm erbost nach, und Ferris, der seinen Ärger aus dem Augenwinkel mitbekommt, dreht sich zu ihm um.

»Na, auf was guckste, Nigger?«

»Das versuch ich eben rauszufinden«, sagt Ricky.

Ferris ist sich nicht sicher, was das heißen soll, doch er versteht den Ton und bewegt sich angriffslustig auf Ricky zu. Sofort versuchen ein paar weibliche Mitglieder des Clubs dazwischenzugehen. Doch im Hintergrund springen alle Leute aus dem Impala-Club aus ihren Wagen und kommen dahin, wo die Action ist. Ricky und Ferris starren einander aus steinkalten Augen an, doch hinter Ricky taucht drohend Dough Boy auf, die Jacke zurückgeschlagen, um zu zeigen, daß seine Hand auf dem Griff seiner Kanone liegt. Ferris sieht das und läßt sich in die Gruppe zurückziehen.

Die Impala-Leute entspannen sich.

»Siehste«, sagt Dough Boy philosophisch. »Deshalb werden die ganze Zeit irgendwelche Idioten erschossen. Leute, die zeigen wollen, wie hart sie sind und so 'n Scheiß. Schwachsinn.«

»Halt die Klappe, Blödmann«, sagt Chris. »Du machst so 'n Scheiß auch.«

»Ich weiß.«

Dough Boy lacht und dreht sich zu Chris um, doch plötzlich knallen in rascher Folge Schüsse aus einer automatischen Waffe. Die Straße kommt in Bewegung wie ein wimmelnder Ameisenhaufen. Die Leute, darunter Tre und Ricky, rennen auseinander und zu ihren Autos. Dough Boy zieht seine Waffe, wirft den Motor an und braust mit quietschenden Reifen davon. Überall auf der Straße rennen, fluchen, rufen Leute, dukken sich und spähen herum, wo die Schüsse hergekommen sein könnten.

Am Ende der Straße grinst Ferris befriedigt, weil er die Party hat platzen lassen. Er sichert sein Gewehr, schmeißt es in den roten Hyundai, steigt dann gelassen ein und fährt weg.

# 12

Tre und Ricky fahren schweigend heim. Als Draufgabe zu der Nervenanspannung, die sie an diesem Tag schon durchgemacht haben, hat dieser Vorfall sie wütend gemacht.

»Scheiße, ich hau ab aus L. A.«, brüllt Tre plötzlich. »Scheiß drauf, nirgendwo kannste hingehen, ohne daß geschossen wird und so 'n Scheiß. Verdammt noch mal.«

Ricky antwortet nicht, doch er starrt bekümmert vor sich hin ins Leere. Keiner von beiden bemerkt den Polizeiwagen, der sich von hinten an sie ranpirscht, bis das scharfe Aufjaulen der Sirene losgeht.

Tre fährt an den Straßenrand, und aus dem Lautsprecher des Streifenwagens plärrt eine Stimme zu ihnen her.

»Keine Bewegung. Fahrer, legen Sie die Hände aufs Lenkrad. Beifahrer, legen Sie die Hände auf die Ablage. Fahrer, machen Sie mit der rechten Hand die Tür auf.«

Die Jungs tun alles wie befohlen, und als sie aussteigen, kommen von hinten die Bullen, die Waffen gezogen und auf sie gerichtet.

Tre fällt erst sehr viel später wieder ein, wer sie sind, doch die beiden sind Coffey und Graham, die nach wie vor in der Gegend Dienst tun. Coffeys ganze Art ist genau wie damals, als sie auf Furious' Anruf hin kamen, nur daß die Jahre seither ihn noch härter und bösartiger gemacht haben.

»Lassen Sie die Hände dort, wo ich sie sehen kann.«

Tre und Ricky machen ganz genau, was man ihnen sagt. Irgendwo im Hinterkopf wissen sie, daß das hier womöglich noch gefährlicher ist als der Vorfall auf dem Crenshaw Boulevard. Abgesehen von Schüssen aus fahrenden Autos ist von den

Bullen angehalten zu werden eine der leichtesten Arten, wie sich ein Bruder ums Leben bringen kann.

Die Bullen kommen näher und kreisen sie ein wie ein Rudel Hunde ein Stück Fleisch. Coffey und Graham schubsen die Jungen an den Wagen, kicken ihnen die Beine auseinander und filzen sie, während die anderen Bullen den VW durchsuchen.

»Irgendwelche Drogen oder Waffen dabei?« knurrt Coffey.

Tre sieht ihn aus den Augenwinkeln an, gelähmt vor Angst. Coffey hält ihm seine Pistole vors Gesicht, ganz knapp unter die Nase, und dann tritt er an ihn heran und starrt ihm direkt in die Augen, so daß er gezwungen ist hinzusehen. In den Augen des Bullen sieht er den Abglanz erschreckender Wut und Tobsucht, und irgendwie weiß er, daß er in diesem Augenblick dem Tod näher ist als je zuvor.

»Glaubste, du bist 'n harter Hund«, grollt Coffey. »Glaubste, du bist hart? Jetzt haste Angst, hä? So mag ich's. Deshalb hab ich den Job genommen. Du bist 'n Dreck. Ich hasse kleine Motherfucker wie dich. Ihr kleinen Nigger glaubt wohl, ihr seid harte Burschen, hä? Wie fühlste dich jetzt? Ich könnte dir mit dieser Browning das Hirn rauspusten, und du könntest einen Scheißdreck gegen machen. Von welchem Haufen biste? Siehst aus wie einer von den Motherfuckern von der Crenshaw Mafia. Nee. Biste vielleicht 'n Rolling Sixty, hä?«

Tre rührt sich nicht und zwinkert nicht mal, und Coffey bleibt einen Moment lang stehen, wie er steht, als müßte er überlegen, was zu tun ist. Bis dahin sind die Bullen mit der Durchsuchung des Autos fertig, und der Polizeifunk fängt an zu quäken.

»Wagen 54, ah. Haben den VW gefunden. 48 hat ihn Ecke Vermont und Florence. Brauchen Verstärkung, den Beamten wird Widerstand geleistet.«

Coffey läßt ab, und die Bullen rennen zu ihrem Wagen. Er

macht einen Schritt zurück, und dabei sieht er, daß Tre eine Träne im Auge hat. Bei dem Anblick verspürt er einen seltsamen Kitzel.

»Na dann, meine Herren«, sagt er ausdruckslos. »Einen schönen Tag noch.«

Es ist zehn Uhr durch, und Brandi, die auf Tre wartet, sitzt in ihrem Zimmer am Schreibtisch und paukt Integral- und Differentialrechnung, schreibt Gleichungen, die langen Zahlenreihen füllen rasch das Papier. Von Zeit zu Zeit hört man Feuerstöße aus automatischen Waffen, und ein paarmal, als sie ganz aus der Nähe kommen, läßt sie vor Schreck den Bleistift fallen. Schließlich legt sie ihn frustriert ganz weg. Sie kann sich nicht konzentrieren. Ihr Blick schweift über den Schreibtisch, dann hoch und bleibt schließlich an einem Bild von ihr und Tre hängen. Sie fragt sich, wo er bleibt, wagt aber erst gar nicht, sich auszudenken, wo er sein könnte. Im Radio bringt Greg Mack in der *Love Connection* auf KDAY eben ein Pärchen zusammen, und Brandi beginnt eben, sich der verträumten Stimmung hinzugeben, als es an der Tür klopft.

Langsam steht sie auf und geht durch das Wohnzimmer zum Hauseingang. Sie zögert, und es klopft noch einmal.

»Mach auf.« Es ist die Stimme von Tre. »Ich bin's.«

Brandi beginnt die Tür aufzumachen. Es sind vier Sicherheitsschlösser, und das dauert eine Weile. Dann geht die Tür auf, davor noch die stählerne Gittertür. Tre schaut sie durch die Stäbe ungeduldig an.

»Brr«, sagt er. »Mach schon auf. 's ist nich Juli hier draußen, weißte.«

Brandi macht die Tür auf, und er kommt rein.

»Du bist spät dran«, sagt sie und legt die Arme um ihn. »Ich hab schon gedacht, dir ist was passiert.«

»Mir geht's gut. Mir passiert nichts.«

In diesem Moment glaubt Tre das zwar nicht wirklich, aber er will Brandi schützen, will nicht, daß sie weiß, wie es da draußen zugeht.

»Ich hab's satt, die da die ganze Zeit schießen zu hören«, sagt sie. »Ich will raus aus L. A.«

Tre antwortet nicht, und plötzlich bemerkt Brandi den wütend irren Blick in seinen Augen.

»Was ist los?«

»Gar nichts«, sagt er wieder. Dann, im nächsten Moment, verliert er die Beherrschung und kann die Emotion nicht mehr zurückhalten. Er landet einen Schwinger gegen die Wand, prügelt sich schattenboxend durch den Raum, fast ohne zu wissen, was er tut.

»Ich hab von diesem Scheiß die Nase voll«, schreit er, außer sich, glühend vor Wut. »Ich hab von diesem Scheiß die Nase voll. Ich pfeif auf diesen Scheiß. Ich wollte, ich könnt die ganzen Motherfucker umbringen. Verdammt, ich hab von diesem Scheiß die Nase voll. Umbringen. Alle umbringen.«

Brandi setzt sich, ein bißchen zurückgeschreckt, auf die Couch. Diese Seite hat sie an Tre noch nicht erlebt. Doch sobald er Dampf abgelassen hat, steht sie langsam auf und beginnt auf ihn zuzugehen.

»Blöde Motherfucker«, japst Tre. »Alle zusammen. Verrekken sollen sie. Verrecken allesamt.«

Er fängt an zu weinen, erst langsam, dann beginnen die Tränen heftig zu fließen. Brandi legt die Arme um ihn. Auch sie weint. Doch er stößt sie grob weg, aus Scham, daß sie ihn so sieht. Gleich danach fängt er sich aber wieder und entschuldigt sich. Wieder umarmen sie sich, und nach einer kleinen Weile fängt Tre an zu lachen. Brandi lacht mit ihm. Dann hört sie auf.

»Was ist denn so komisch?«

»Ich hätte nie gedacht, daß ich mal vor 'ner Frau weinen würde«, erklärt Tre ihr.

»Vor mir kannst du ruhig weinen«, sagt Brandi zärtlich.

Sie bleiben umschlungen stehen, und eine Minute später legt sie ihm die Hand auf den Hintern.

»Du brauchst 'n größeren Po«, flüstert sie. »Ich muß was haben, wo ich mich anhalten kann.«

Tre kann nicht glauben, was er da hört.

»Ich brauch kein dicken fetten Hintern«, stichelt er. »Das is was für dich.« Dann: »Ist deine Mutter da?«

»Nein«, sagt Brandi. »Wenn sie da wäre, hätt sie den Lärm gehört, den du geschlagen hast.«

Es ist wie ein Signal. Im Nu sind sie in Brandis Zimmer, wo sie aufs Bett fallen und sich leidenschaftlich küssen. Die Geräusche aus der Gegend sind hier immer noch zu hören, und von Zeit zu Zeit scheint das Suchlicht einer Hubschrauberstreife grell durchs Fenster. Langsam ziehen sie sich aus. Als Tre Brandis BH aufmacht, beugt er sich runter, um ihre Brüste zu küssen, und sie stöhnt vor Wonne.

»Ich will aber nicht schwanger werden«, kriegt sie noch heraus.

»Wirst du nicht«, sagt Tre.

Er ist mit einem Kondom ausgerüstet, und im Streiflicht der Helikopter-Scheinwerfer, das durchs Fenster hereinfällt, zieht er es über. Dann legt er sich zwischen Brandis Beine, läßt sich in sie hineinsinken und stößt einen tiefen, wohligen Seufzer aus.

# 13

Halb drei Uhr morgens. Tre liegt im Bett, hellwach. Die letzten zwanzig Stunden waren die ereignisreichsten seines Lebens, und er ist zu ruhelos, um zu schlafen. Er steht auf, sieht sich um, macht einen Handstand an der Meßlatte an der Wand und geht dann zum Schrank, aus dem er einen alten Pappkarton und einen Projektor nimmt. Er holt eine alte Rolle Film von ihm und seiner Mutter heraus, auf dem sie ihn als Baby auf dem Arm hält und mit ihm spielt, und läßt ihn durchlaufen; er sieht genau hin, obwohl er ihn auswendig kennt. Am Morgen soll er seine Mutter treffen, und er stellt sich in Gedanken schon auf sie ein.

»Geh ins Bett«, sagt Furious' Stimme vor der Tür.

»Warum habt ihr beide eigentlich nie geheiratet?« sagt Tre unvermittelt.

Mit der Frage hat Furious gerechnet. Früher oder später.

»Weil wir uns zu sehr geliebt haben.«

»Aber wenn man jemand liebt«, sagt Tre, »sollte man ihn doch heiraten.«

»Nicht immer. Es gibt Leute, die denken, handeln und leben verschieden. Sie lieben sich, aber sie können nicht zusammenleben.«

Er fragt sich, ob Tre so was versteht. Er schüttelt den Kopf.

»Geh jetzt schlafen. Du weißt, sie hat's mit dem Pünktlichsein.«

Tre legt sich wieder hin und denkt darüber nach, was Furious gesagt hat. Er hat mit Brandi bereits besprochen, was sie tun wollen, und nun ist sein Entschluß gefaßt. Sobald die Schule zu Ende ist, planen sie, in den Süden zu fahren und bei ihrer Familie zu wohnen, während sie sich nach Jobs und einer Wohnung umsehen, in der sie zusammenleben können, solange sie aufs College gehen. Sie will nicht heiraten und Kinder kriegen, ehe sie mit dem College fertig ist, hat Brandi gesagt, aber zusammenleben könnten sie. Tre konnte es kaum fassen, wie sie sich plötzlich geändert hatte, von einem zaudernden Schulmädchen zu einer Frau, die Pläne macht und Entscheidungen trifft, doch der Plan hörte sich für ihn gut an. Er liegt da und überlegt, wie er es seiner Mutter beibringen soll, daß er, anstatt zu ihr zu ziehen, mit Brandi direkt aufs College gehen will. Wird schwierig, denkt er.

Später, als er in Revas Wohnung im View Park sitzt, weiß er, daß seine Vermutung richtig war. Reva ist nicht an die Decke gegangen. Das ist nicht ihre Art, aber ihr Blick sagt ihm, daß sie das nicht unwidersprochen akzeptieren wird.

»Ihr wollt zusammenleben?« sagt sie ungläubig. »Ich glaube nicht, daß ihr das schon nach einem Jahr tun solltet. Man sollte verheiratet sein, ehe man zusammenzieht.«

»Darüber hab ich auch schon nachgedacht.«

»Tre. Wenn du erst mal dort unten bist, wird's auf dem College so viele scharfe Partybienen geben, daß du nicht wissen wirst, wie dir geschieht. Du bist erst siebzehn. Du solltest übers Heiraten noch nicht mal nachdenken. Du solltest erst was von der Welt sehen.«

»Was ist falsch dran, wenn sie und ich uns die Welt zusammen ansehen?« fragt Tre.

»Mach, was du willst«, sagt Reva verzweifelnd. »Ich möcht bloß nicht erleben, daß du dein Studium abbrichst, weil du für ein Baby sorgen mußt und so weiter.«

»Du meinst wie du und Daddy?«

Das ist ein Schlag unter die Gürtellinie, doch die Bemerkung rührt Reva an, und sie denkt nach, bevor sie ihm antwortet.

»Ja. Wie ich und dein Vater. Die Dinge ändern sich, wenn

ein Baby unterwegs ist. Du sagtst, du liebst dieses Mädchen; dann laß sie besser ihre Ausbildung machen. Und du mach deine.«

Am nächsten Tag sitzt Reva geduldig wartend in einem schikken Café. Furious kommt herein. Er blickt sich um und nimmt erst die Atmosphäre des Lokals auf, ehe er Reva sieht. Ein Luxusladen. Furious geht rüber zu Revas Tisch und setzt sich zu ihr. »Das sieht dir ähnlich, ganz entschieden«, sagt er.

»Was soll das heißen?« fragt sie.

»Ich dachte, wir wollten über Tre reden?«

Just an diesem Punkt unterbricht ihn ein Kellner.

»Einen Espresso, bitte«, sagt Reva. Furious bestellt *café au lait.*

»Gestern hab ich ihm Schuhe gekauft«, erzählt ihm Reva.

»Hör auf, ihm dauernd irgendwelchen Scheiß zu kaufen«, sagt Furious.

»Hat er dir gesagt, daß er mit Brandi zusammenziehen will, wenn sie auf dem College sind?«

»So?«

»So? Du hältst das nicht für eine schlechte Idee?«

Der Kellner kommt mit ihrem Kaffee, und Furious sagt: »Tre trifft seine eigenen Entscheidungen.«

»Du bist sein Vater, und das heißt, du sollst ihm bei seinen Entscheidungen Anleitung geben.«

Furious stellt seine Kaffeetasse nieder. »Was zum Teufel, glaubst du, hab ich all die Jahre gemacht? Hör mal, Reva, es ist Zeit loszulassen. Ich weiß, du möchtest die Mami spielen und all das, aber Tre ist jetzt ein Mann. Er ist kein kleiner Junge mehr, die Zeit ist vorbei, und du hast sie verpaßt.« Er ist fertig und steht auf, um Zigaretten zu holen.

»So leicht kommst du mir nicht davon. Setz dich hin.«

»Was?«

»Setz deinen Arsch hierhin, ehe ich zu schreien anfange und uns beide zum Narren mache.«

Furious setzt sich cool hin.

»Jetzt bin ich mit Reden dran«, beginnt Reva. »Natürlich hast du deinen Sohn, meinen Sohn, unseren Sohn aufgenommen, als ich versuchte, etwas aus mir zu machen, mir mein Leben zu verbessern. Du hast ihm beigebracht, was er brauchte, um ein Mann zu werden. Das geb ich zu, weil die meisten Kerle nicht Manns genug sind, zu tun, was du getan hast. Aber das gibt dir keinen Grund, verstehst du mich, *keinen* Grund, mir zu sagen, daß ich meinem Sohn nicht Mutter sein kann. Was du getan hast, ist nichts anderes, als was Mütter seit Anbeginn der Zeit tun. Es ist nur zu schade, daß nicht mehr Brüder dasselbe machen. Glaub bloß nicht, du bist was Besonderes!«

Beim Zuhören hat Furious erst die Stirn gerunzelt, doch nun läßt er langsam ein Lächeln draus werden.

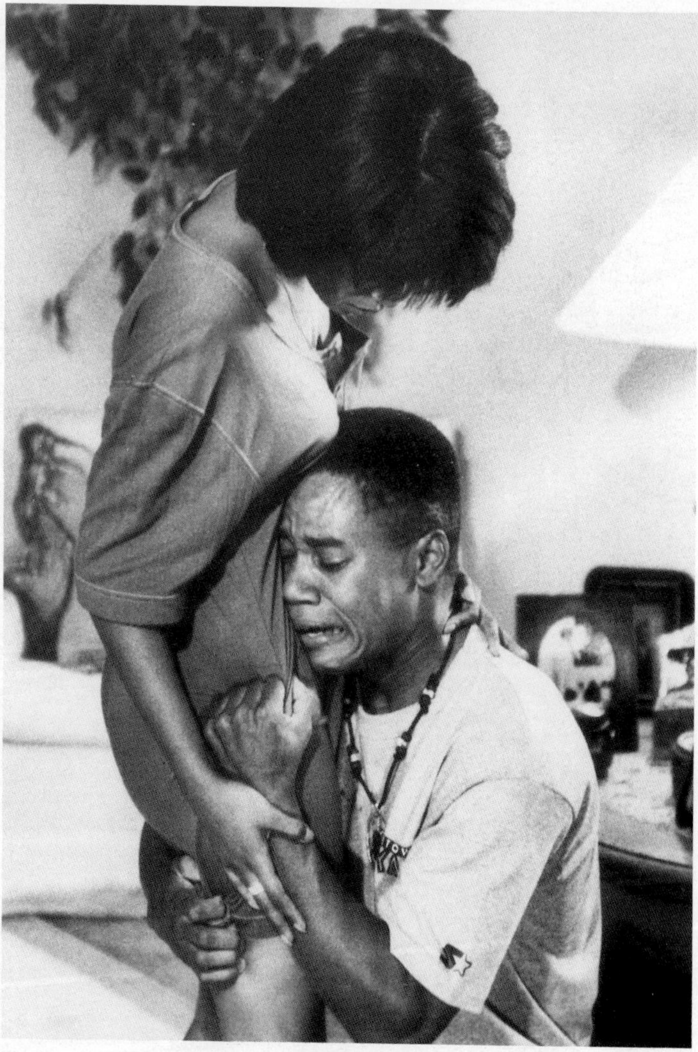

Tre (Cuba Gooding) beklagt sich bei seiner Freundin Brandi (Nia Long) bitter über den Teufelskreis der Gewalt in South Central Los Angeles.

*Folgende Seite:*
Ricky (Morris Chesnut) und Tre (Cuba Gooding) sind seit ihrer Kindheit enge Freunde.

Auf einer Party unterhält sich Tre (Cuba Gooding) mit Mrs. Baker (Tyra Ferrell).

# 14

Dough Boy und seine Freunde stehen am Anfang eines normalen Tages auf der Veranda. Es ist einer von diesen Tagen, an denen alle gut drauf sind. Sie sind so beschäftigt mit Reden und Lachen, daß sie erst gar nicht bemerken, daß ein roter 1991er Hyundai langsam durch die nächste Querstraße rollt. Doch als er das zweite Mal vorbeifährt und stehenbleibt, können die Jungs ihn nicht mehr übersehen. Alle auf der Veranda sind wie elektrisiert. Sie kennen Ferris' Wagen, und sie wissen, daß darin Heckenschützen sitzen. Dough Boy steht auf, sieht zu dem Hyundai hin und breitet die Arme aus, um zu zeigen, daß seine Hände leer sind und er keine Waffe bei sich hat. Sonst bewegt sich keiner. Alles kann passieren. Dann, plötzlich, steigt Ferris aufs Gas, und der Wagen fährt mit quietschenden Reifen die Straße hinauf und davon.

Die Jungs auf der Veranda entspannen sich und setzen sich lachend wieder hin.

»Dieser miese Motherfucker«, sagt Dough Boy. »Hat nischt Besseres zu tun. Siebenundzwanzig Jahre alt und hängt immer noch mit Niggern in unser'm Alter rum, mit seinem alten Arsch.«

»Ja«, pflichtet Chris bei. »Ich hab gehört, der Idiot war schon so oft im Knast, daß er ma 'nen Alptraum hatte und mit den Händen auf dem Rücken aufwachte, so.«

Er zeigt ihnen, wie.

»Und der Idiot konnte die Arme nich bewegen und so.«

Tre kommt eben rechtzeitig dazu, um den Schluß mitanzuhören.

»Was is los?«

Dough Boy ist höchst angetan, ihn zu sehen.

»Nich viel«, sagt er. Er senkt die Stimme. »Vorige Nacht hab ich dich gesehen, wie du morgens um zwei dein Hintern aus Brandis Hütte rausgetrollt hast. Was läuft 'n da?«

Tre grinst. Ein zufriedenes kleines Grinsen.

»Das is meine Sache.«

»Aha.«

Dough Boy weiß genau, was er aus dieser Antwort schließen muß. Seine Stimme verfällt in väterliche Strenge.

»Bau kein Scheiß, Mann, bau kein Scheiß. Sonst sitzte am Ende da wie dieser Blödmann dort drin. Er hat 'n Baby und dazu 'ne Hauspusse.«

Er blinzelt mit betrübtem Blick nach hinten zum Haus.

»Wenn ich so'n Scheiß bau, würde Mam mir so kommen«, er macht seine Mutter nach, »nich mit mir.«

Im Wohnzimmer sitzt Ricky auf der Couch und sieht sich einen Werbespot für die Army an, der während einer Football-Übertragung läuft. Shanice hat nach ihm gerufen, er soll in den Laden gehen und ihr etwas Mehl zum Fisch-Ausbacken besorgen. Ricky reagiert nicht. Er schaut gebannt auf den Bildschirm, wo zu einer Bilderfolge von jungen Männern, die in Waffen herumrennen, aus Hubschraubern abspringen oder auf Computern tippen, eine Stimme daherschwadroniert. Die Bilder lassen die Army wie eine glänzende Karrierechance für ehrgeizige junge Leute aussehen, und sie sind gut ausgewählt, um die jungen Schwarzen und Hispanics anzusprechen, die in den Armengegenden die Rekrutierungsbüros füllen.

»Machen Sie das Beste aus sich«, tönt die Stimme im Fernsehen. »Leben Sie, wachsen Sie, finden Sie Ihre Zukunft. In der Army.«

Die Botschaft verfängt bei Ricky. Vielleicht, denkt er, ist das ein Weg, dem kleinen Ricky eine sichere Zukunft zu geben.

Shanice ruft wieder, und Mrs. Baker kommt, durch den Lärm gestört, aus ihrem Zimmer.

»Ricky. Geh und hol dem Mädel sein Mehl. Du solltest froh sein, daß irgendwer für dich kocht. Ich mach's nämlich nich.«

»Is gut. Is gut«, sagt Ricky. »Ich geh ja schon. Ich geh ja.«

Er steht auf und schlurft auf die Veranda.

»Dee«, sagt er zu Dough Boy. »Geh in 'en Laden, Mann, und hol 'n bißchen Mehl.«

Dough hat nicht die Absicht, sich vom Fleck zu rühren, und das ist eine gute Gelegenheit, Ricky mal einiges zu stecken.

»Nigga«, sagt Dough Boy. »Mich hat se nich gefragt. Sie ist deine Alte. Hol du den Scheiß.«

»Sie ist nich meine Alte.«

»Scheiße«, sagt Dough Boy triumphierend, »sie isses so gut wie. Du hast 'ne Familie und all den Scheiß.«

Ricky beschließt, ihn zu ignorieren. Er streckt sich und gähnt und marschiert auf die Treppe zu, doch im Gehen kann er sich eine Retourkutsche nicht verkneifen.

»Fick dich.«

Dough Boy juckt es längst schon, sich Ricky mal vorzunehmen, und er dreht sich um und baut sich vor ihm auf.

»Komm mir nich mit fick dich. Fick du deine Alte. Davon haste jetzt auch 'n Baby.«

»Geh mir besser aus 'n Augen«, sagt Ricky drohend.

Tre versucht dazwischenzugehen, aber die Brüder reagieren nicht. Dough Boy schubst Ricky.

»Du Nulpe«, brüllt er. »Du warst 'ne Nulpe vom ersten Tag an. Mamas Liebling.«

Das kann Ricky nicht auf sich sitzen lassen. Er stößt Dough Boy zurück und geht auf ihn los. Die beiden Jungen kollern von der Veranda auf den Rasen, raufend und boxend. Tre stürzt auf sie zu, um sie auseinanderzubringen, doch Chris schreit ihm aufgeregt nach.

»Halt dich da raus, Tre, das is 'ne Familiensache, 'ne Familiensache. Laß sie kämpfen.«

Shanice kommt auf die Veranda, den kleinen Ricky auf dem Arm, und als sie sieht, was los ist, kreischt sie nach Mrs. Baker, die aus dem Haus und schnurstracks auf die beiden jungen Männer zugelaufen kommt. Sie fährt auf sie los, fällt Dough Boy in den Arm, als er eben gegen Ricky ausholt, und schlägt ihn hart ins Gesicht. Dough Boy weicht zurück und schimpft. »Scheiße.«

Mrs. Baker ignoriert ihn; sie wuselt um Ricky herum, der aufsteht und sich abklopft.

»Ricky«, sagt sie. »Komm her und laß mich dein Gesicht ansehen.«

Doch Ricky, wütend und frustriert, wehrt sie ab.

»Nee, ich geh in 'en Laden.«

Er sputet sich nach draußen auf den Bürgersteig, an seiner Seite Tre. In seiner Hast und Wut sieht er den Postboten nicht, der in den Garten kommt, zu Mrs. Baker geht und ihr drei Umschläge reicht. Einer davon ist ein Brief der Akademischen Teststelle, und als Mrs. Baker ihn sieht, ruft sie Ricky nach.

»Ricky. Ricky. Die Testergebnisse. Die Testergebnisse.«

Doch Ricky und Tre biegen bereits um die Ecke, und Mrs. Baker wendet sich zurück zum Haus. Auf dem Weg dahin geht sie an Dough Boy vorbei, der dasteht, sich die Backe hält und sie anstarrt.

»Wegen was hast du mich geschlagen?« sagt er in gekränktem, zornigem Ton. »Wegen was?«

Mrs. Baker geht weiter, ohne Dough Boys Frage auch nur zur Kenntnis zu nehmen, Gesicht und Augen strikt geradeaus gerichtet, als wäre er gar nicht da.

Chris fährt in seinem Rollstuhl durch den Garten auf Dough Boy zu. Er wirft ihm einen mitfühlenden, beunruhigten Blick zu.

»He, Mann. Wegen was hat sie dich geschlagen?«

Dough Boy weist ihn achselzuckend ab, und sein Gesicht nimmt wieder die gewohnt harten und ungerührten Züge an.

»Halt's Maul, Nigger«, sagt er.

# 15

Auf dem Weg zum Laden hält Ricky sich immer noch das Gesicht, wo Dough Boy ihn getroffen hat. Er ist wütend, die Emotionen wühlen in ihm, und er erzählt Tre rasch, daß er darüber nachgedacht hat, in die Army zu gehen.

»Du hast über was nachgedacht?« ruft Tre. »Du mußt 'n verdammter Narr sein.«

Ricky setzt es ihm ernsthaft auseinander.

»Sie sagen, ich kann dort Computer bedienen lernen und all das und sie geben mir Geld fürs College.«

Tre schüttelt ungläubig den Kopf.

»Sieh dich an, du klingst wie der verdammte Werbespot. Aber sie sagen dir nich, daß du dir dann nich mehr selbst gehörst. Wennste dahin gehst, gehörste dem Staat. Wie 'n Sklave, mußt machen, was sie sagen. Mir hat Paps immer gesagt, 'n Schwarzer gehört nich in die Army.«

»Sieh mal, ich muß an den Kleinen und all das denken«, läßt Ricky nicht locker. Er hat sich das in den letzten paar Tagen durch den Kopf gehen lassen. »Ich möcht nich werden wie mein Bruder und die Scheißer, rumhängen und nixtun, als Koksdealer enden, genau wie er. Ich möchte was machen, wer sein.«

Tre versteht, doch er muß Ricky überzeugen, daß er falsch liegt.

»Mann, ich sag dir, wennste dort hingehst, biste niemand, so lange, wie du keinen College-Abschluß hast, nachher kannste wenigstens Offizier werden.«

Bis dahin sind sie vor dem Laden, ein typischer Laden an der Ecke im Koreanerviertel. An der Wand ist eine riesige Zeichnung von einem koreanischen Drachen und ein gemaltes Schild mit der Aufschrift SEOUL TO SEOUL LIQUOR. Vor dem Laden steht das übliche Häufchen Säufer herum; sie reden, lachen und nuckeln an Flaschen in braunen Packpapiertüten. Ein paar von ihnen hauen die Jungs um Kleingeld an. Auf dem Weg nach draußen passiert das gleiche wieder, als wären die Schnapsnasen schon so weit, daß sie sich nicht mehr erinnern können, was vor zwei Minuten war.

Ricky hat drei Brieflose gekauft und beginnt, die Zahlen freizurubbeln. Er hat noch nie etwas gewonnen und glaubt auch nicht, daß er je wird, aber er hofft eben weiter. Das erste ist eine Niete.

»Du mußt 'n Mexikaner sein, damitste bei dem Scheiß was gewinnst«, sagt Tre.

»Ich gewinn in der Lotterie«, sagt Ricky. »Dann muß ich mir wegen kei'm Mist mehr Sorgen machen. Nich wegen dem College, nich wegen den verschissenen siebenhundert für'n Eignungstest. Wegen gar nischt mehr.«

In jedem Mietshaus in jedem Armenviertel im ganzen Land träumen die Leute denselben Traum, und das will Tre eben aussprechen, als er Ferris' roten Hyundai um die Ecke schleichen sieht.

Ferris sitzt am Steuer, begleitet von einem Rap mit einem dröhnenden Baß, der durchs Auto vibriert. Er sieht Tre und Ricky im selben Moment wie sie ihn. Auf dem Rücksitz folgen seine Tieffliegerkumpels seinem Blick mit wachsender Aufregung.

»Da is der Motherfucker«, intonieren sie im Chor.

»Der hat an dem Abend da Scheiße geredet«, sagt einer.

»Ja«, sagt der andere Tiefflieger. »Ich hab gehört, wie er über deine Mama geredet hat, deine Oma, und wie er deine Schwester 'ne Nutte genannt hat.«

Ferris glaubt kein Wort davon. Es ist bloß heiße Luft, doch er weiß, es bedeutet, daß sie ihn zum Handeln drängen, und er greift unter den Sitz und holt eine abgesägte Schrotflinte hervor.

Auf der Straße beginnen Tre und Ricky schneller zu gehen und stur geradeaus zu schauen. Das ist eine Situation zum Abgeknalltwerden, und sie wissen auch, daß Ferris es auf Ricky abgesehen hat. Tres Herz hämmert vor Angst und Wut.

»Wenn ich sage, ab« sagt er zu Ricky, »dann ab durch die Mitte, zwischen den Häusern da durch.«

Er wartet ein paar Takte. Dann: »Ab.«

Die Jungs beginnen zu rennen, brechen am nächsten Garten durch und trennen sich, um links und rechts am Haus vorbeizulaufen. An der hinteren Gartenmauer hört Tre die Pitbull-Terrier knurren und bellen, als er eben in den nächsten Garten flanken will. Er wirft Ricky einen kurzen Blick zu, und sie klettern rasch hoch, jeder auf einer Seite, und balancieren die jeweilige Gartenmauer entlang wie Seiltänzer. Unter ihnen bellen auf beiden Seiten der Mauer die Bullterrier, springen hoch und versuchen, die Jungs zu erwischen.

Als Ricky und Tre zwischen den Häusern verschwinden, biegt Ferris mit Karacho in die nächste Querstraße ein und fährt auf das Gäßchen zwischen den Häusern zu. In der Straßenmitte kommt er an Mrs. Bakers Haus vorbei, wo Dough Boy und seine Freunde trinkend und schwatzend herumsitzen. Sie sehen den roten Hyundai vorbeifahren, und Monster stößt einen angewiderten Laut aus.

»Wenn der Nigger noch mal angekreuzt kommt«, sagt er, »ich schwör's, ich reiß ihm den Arsch auf.«

Dough Boy hört ihn, doch er achtet nicht darauf. Etwas ist ihm siedendheiß eingefallen, als er den Hyundai vorbeibrausen sah. Dough Boy setzt sich auf, und seine Augen werden groß. Er stellt seine Bierflasche weg, geht in den Garten hinaus und glotzt zu der Ecke, um die der Hyundai verschwunden ist.

Die Jungs sehen ihn neugierig an. Dough Boy benimmt sich seltsam, und einen Augenblick lang kommen sie nicht drauf, weshalb er sich so für den Hyundai interessiert.

»Was is los?« ruft Chris, doch Dough Boy versteift sich plötzlich und schaut drein, als könnte er etwas hören und sehen, wovon sie nichts wissen.

»Rick«, schreit Dough Boy.

Er dreht sich um und rennt ins Haus. Dabei stolpert er über Monster. »Geh aus'm Weg, Scheiße«, blafft Dough Boy.

Einen Augenblick später kommt er herausgelaufen, seine Pistole in der Hand.

»O Scheiße«, sagt Chris, als er ihn sieht. »Jetzt wird wer umgeballert.«

»Ich muß Rick finden«, ruft Dough Boy den Jungs zu.

Monster und Dooky legen einen Blitzstart hin.

»Ja«, schreit Monster. »Mischen wir diese Nigger auf.«

Sie laufen Dough Boy nach und springen in den Impala, während er schon mit quietschenden Reifen losfährt. Chris bleibt zurück, doch er rollt sich auf den Bürgersteig und fährt in seinem Rollstuhl Dough Boys Wagen nach, so schnell es geht.

In der Zwischenzeit haben Ricky und Tre sich durch die Hintergärten durchgeschlagen und sind von der Mauer in das Gäßchen gesprungen. Beide Jungs lehnen an der Wand, die voll von Bandengraffiti ist, und versuchen, wieder zu Atem zu kommen. Ricky dreht sich um, um gegen die Einfriedung zu pinkeln, genau unter dem Schriftzug CRENSHAW MAFIA.

»Ich muß mal 'n Hahn aufdrehen«, sagt Ricky. »Willste sehen, wie ich meinen Namen schreib?«

Tre starrt ihn ungläubig an.

»Was? Nein. Ich will nich sehen, wie du deinen Namen schreibst. Mach schon, das letzte, was ich will, is hier erschossen werden, während ich warte, bis du fertiggepinkelt hast.«

Ricky bringt sein Geschäft zu Ende. Er ist aufreizend lässig, und Tre fühlt sich wie eine Katze auf einem heißen Ziegelstein.

»Gehen wir da lang«, schlägt er vor.

»Nein, wir sollten uns trennen.«

»Nein, Mann«, sagt Tre, »das sollten wir nicht, wenn wir in 'ne Keile kommen, sind wir besser zusammen.«

Ricky stößt einen sorglosen Lacher aus.

»Die Idioten werden kein Knatsch anfangen. Die wollen nur auf Schau machen und so 'n Scheiß. Außerdem können wir getrennt schneller laufen.«

Tre ist nicht in Stimmung zu streiten.

»Ich treff dich bei dir zu Haus«, sagt er, und die beiden Jungs marschieren auf die entgegengesetzten Enden der Gasse zu.

Ricky rubbelt im Gehen weiter an seinen Brieflosen. Unbekümmert und jetzt, wo alles vorbei ist, fast ein bißchen aufgekratzt durch die unerwartete Action. Er ist so mit seinen Losen beschäftigt, daß er nicht sieht, wie der rote Hyundai am Eingang des Gäßchens auffährt. Die getönte Fensterscheibe senkt sich langsam, und der Lauf einer Schrotflinte schiebt sich heraus. Dahinter beginnt einer von Ferris' Tieffliegern zu zielen.

Im selben Moment blickt Tre sich um und sieht, was passiert. Er beginnt die Gasse zurückzurennen.

»Ricky, Ricky«, ruft er im Laufen.

Ricky, von Tres Rufen alarmiert, schaut eben rechtzeitig auf, um zu sehen, daß die Schrotflinte auf ihn zielt, läßt seine Einkäufe fallen und beginnt zu laufen. Er ist so schnell, daß er mehr als nur ein paar Meter schafft, bevor der Typ im Hyundai reagiert. Dann geht die Flinte los wie eine Kanone. Ricky ist getroffen und taumelt, fällt aber nicht und läuft die Gasse entlang weiter seinen letzten Lauf. Die Flinte feuert noch einmal, und Ricky knickt langsam ein, seine Arme schlenkern durch die Luft, aus seiner zerschossenen Brust sickert das Blut.

Als Tre Ricky erreicht und neben ihm auf die Knie fällt, biegt

Dough Boys Impala um die Ecke, in vollem Tempo, eine Staubwolke aufwirbelnd. Das Fenster des Hyundai geht hoch, und Ferris zischt ab.

Dough Boy hält ein paar Meter von der Stelle entfernt, wo Tre neben Ricky kniet, und steigt ruhig aus. Hinter ihm klettern die Jungs heraus. Monster lehnt sich an den Wagen und hämmert mit der Faust dagegen. Vom Ende der Gasse kommt Chris in seinem Rollstuhl angefahren. Dough Boy kniet sich neben Tre und sieht seinen Bruder an. Dann zieht er Rickys Körper an sich. Er und Tre weinen beide, die Tränen rollen ihnen über die Gesichter, ohne daß sie es merken. Um sie herum kommen die Bewohner des Viertels an die Mauern ihrer Gärten und durch die Tore in die Gasse, um zu sehen, was passiert ist. So was ist nichts Ungewöhnliches, und doch sind sie davon geschockt und verängstigt. Mit leisen Stimmen murmeln sie miteinander.

Dough Boy weiß nicht, daß sie da sind. Er drückt Ricky ein letztes Mal an sich, dann steht er vom Boden auf und hält den Körper immer noch fest. Er sieht Tre an.

»Bringen wir ihn heim«, sagt er.

# 16

Mrs. Baker und Shanice sind nicht zu sehen, als Dough Boy vor dem Haus stehenbleibt. Langsam und vorsichtig ziehen er und Tre Rickys Leichnam durch die Beifahrertür heraus, doch dann bedeutet Dough Boy Tre, daß er seinen Bruder allein tragen kann. Ricky ganz behutsam in seine Arme gebettet, geht Dough Boy durch den Garten und die Treppe hoch, neben ihm Tre, und dahinter die übrigen Jungs. Auf der Straße beginnt sich ein Haufen Menschen anzusammeln, die zusehen, wie die kleine Prozession ins Haus zieht. Chris schiebt sich auf dem Bürgersteig zwischen ihnen hindurch und rollt heran, um zu seinen Kumpels auf der Veranda zu stoßen.

Drin im Haus trägt Dough Boy Ricky direkt zur Couch und legt ihn sorgsam darauf nieder. Shanice, die das Durcheinander gehört hat, kommt mit dem kleinen Ricky auf dem Arm aus der Küche, und sofort, als sie das Blut sieht, beginnt sie aus vollem Hals loszukreischen. Auch das Baby beginnt zu weinen und läßt ein Heulen los, fast so laut wie das seiner Mutter. Sie stürzt zur Couch, und Tre versucht, sie zurückzuhalten.

»Neeiiin. Nein, Gott. Nicht Ricky, bitte, lieber Gott.«

Sie ringt mit Tre.

»Scheiße, laß mich los.«

Eben in diesem Moment kommt Mrs. Baker herein.

»Mädel«, sagt sie leichthin, »was is den in dich gefahren?«

Auf einen Blick sieht sie alles. Ricks Körper, das Blut an Tre und Dough Boy. Sie sieht Dough Boy an und versucht, ruhig zu bleiben. Doch als sie spricht, wird ihre Stimme immer schriller.

»Was ist passiert?« fragt sie erst ganz normal. Dann lauter: »Was hast du mit meinem Sohn gemacht?«

Dough Boy nimmt sie in die Arme, und sie drückt sich eng an ihn, zitternd vor Schock und Entsetzen, dann macht sie sich los und schreit ihm ins Gesicht.

»Was hast du mit meinem Sohn gemacht?«

»Es war nicht meine Schuld«, sagt Dough Boy mit flehentlicher Stimme. Doch Mrs. Baker schlägt ihn heftig ins Gesicht, wieder und wieder, ihr Gesicht eine Maske von Schmerz und Haß, dann fährt sie herum und wirft sich neben der Couch, wo Shanice und Tre sich über Ricky beugen, auf die Knie. Tre geht beiseite und steht mit gesenktem Kopf da. An der Tür treten Dooky und Monster den Rückzug auf die Veranda an. Der kleine Ricky brüllt noch immer aus voller Lunge, und Dough Boy geht, um ihn Shanice abzunehmen.

»Faß ihn nicht an«, kreischt sie. »Faß ihn ja nie an.«

»Er braucht das nicht zu sehen«, protestiert Dough Boy. Doch Shanice und seine Mutter schlagen beide auf ihn ein, und er weicht zurück, mit hängenden Schultern, ganz Verzagtheit und Kummer. Er geht bis neben Tre zurück, und Tre faßt ihn am Arm und sieht ihm von ganz nahe ins Gesicht. Sie sehen einander mit einer Intensität an, von der sich die Luft um sie herum auflädt.

»In fünf Minuten bei mir«, sagt Tre.

Er dreht sich um und geht rasch weg. Dough Boy steht immer noch da und starrt, dann duckt er sich, als Mrs. Baker auf ihn losgeht, von allen Seiten auf ihn eindrischt, als wollte sie ihn umbringen. Dough Boy dreht den Kopf weg und hebt die Arme, um die Hiebe abzuwehren, doch seine Mutter läßt nicht nach und schlägt immer weiter auf ihn ein.

»Was hast du mit meinem Sohn gemacht?« kreischt sie. »Du hast ihn umgebracht. Du hast ihn umgebracht.«

# 17

Als Tre aus dem Haus kommt, steht draußen eine große Menschenansammlung. Er geht hindurch, als wären sie nicht da, bis Brandi daraus hervortritt, neben ihm hergeht und an seinem Arm zerrt. Doch Tre wird nicht langsamer oder sieht sie auch nur an. Er hat Tränen in den Augen und ein kaltes, leeres Stieren im Gesicht, und Brandi beginnt eine schreckliche Angst zu spüren, die zupackt und ihr den Magen umstülpt.

»Tre«, sagt sie und beginnt dann zu schreien, um zu ihm durchzudringen. »Tre. Was ist passiert? Ist irgendwas mit Rick? Haben sie auf ihn geschossen?«

Tre tut so, als hätte er sie nicht gehört, und geht einfach rasch auf sein Haus zu, und als Brandi ihn am Arm zieht, um ihn dazu zu bringen, daß er stehenbleibt und ihr zuhört, stößt er sie weg.

»Nach Hause. Geh nach Haus«, sagt er mit belegter, erstickter Stimme, die kaum als die seine zu erkennen ist.

Als Tre ins Haus geht, fährt Furious eben mit dem Wagen vor und steigt mit ein paar Einkaufstüten in der Hand aus.

»Tre«, ruft er, »hilf mir mal mit den Tüten. Tre, Tre.«

Tre geht weiter ins Haus. Furious hebt mit verwirrtem Blick seine Tüten hoch, doch ehe er noch einen Schritt machen kann, ist Brandi bei ihm. Furious ist ihre letzte, größte Hoffnung, Tre davon abzubringen, sich in diese wahnsinnigen Schießereien verwickeln zu lassen.

»Red mit ihm«, fleht sie. »Sie haben eben Rick erschossen. Red mit Tre.«

Furious schlägt die Wagentür zu und geht auf das Haus zu. In den frühen Tagen war das einer seiner Alpträume, denkt er, und gerade, als es so aussah, als sei Tre erwachsen, den Fallen des Lebens im Viertel entronnen, da mußte es passieren. Als er durch die Eingangstür geht, kommt Tre aus dem Schlafzimmer, die geladene .357er Magnum in der Hand. Tre sieht seinen Vater und bleibt stehen. Sie stehen sich gegenüber, beide sammeln Willensstärke für diese Kraftprobe.

»Was machst du denn?« fragt Furious. »Wenn du das tun willst, mußt du zuerst mich erschießen.«

Plötzlich wird ihm bewußt, daß Brandi immer noch hinter ihm steht und durch die halboffene Tür hereinspäht. Er dreht sich um und spricht sie freundlich an.

»Es geht ihm gut. Geh heim. Er ruft später an.«

Er schließt die Tür und stellt sich wieder breit davor auf.

»Tre, hör mir zu«, sagt Furious. »Ich versteh das mit deinem Freund und alles, und mit dem Herzen bin ich bei seiner Mutter, aber das ist ihr Problem. Du bist mein Sohn, mein Problem. Und jetzt gib mir das beschissene Schießeisen.«

Er streckt die Hand aus, und Tre zögert, weicht dem Blick seines Vaters aus. Dann, ganz langsam, reicht er ihm den Revolver. Furious nimmt ihn, entlädt ihn und wirft ihn auf die Couch. Er geht zu Tre und drückt ihn fest an sich. Im Schutzkreis der Arme seines Vaters beginnt Tre zu weinen wie ein Kind.

»Du bist mein einziger Sohn«, sagt Furious. »Ich liebe dich und ich will verdammt sein, wenn ich dich an diesen Schwachsinn da draußen verliere.«

Es klopft an der Tür. Furious rät richtig, daß es Brandi ist, und läßt sie rein und geht hinaus auf die Veranda.

Brandi stürzt auf Tre zu und fällt ihm um den Hals. Sie weinen beide, und er führt sie in sein Zimmer, wo sie sich aufs Bett setzen. Doch Tre steht wieder auf und fängt an, im Zimmer auf und ab zu gehen. Er hat sich gegen seinen Vater nicht behaupten können. Das konnte er nie, doch diesmal will er ihm nicht gehorchen, auch wenn er weiß, daß Furious recht hat. Es geht nicht um richtig oder falsch, denkt er. Ricky war mein Freund. Ich muß was tun.

Mittlerweile sieht Furious sich Dough Boy gegenüber, der vorgefahren und auf die Veranda gekommen ist.

»Ich hab von Rick gehört. Tut mir leid.«

»Ja. Wo is Tre?« fragt Dough Boy ohne Umschweife.

Dough Boys Gesicht ist verquollen, doch sein Blick ist klar ausgerichtet und hart.

»Er kann eben nicht rauskommen.« Unbewußt benutzt Furious die gleichen Worte wie früher, wenn Dough Boy und Ricky an die Tür kamen, wenn Tre eben im Haushalt zu tun oder Aufgaben zu machen hatte. Er sieht Dough Boy durchdringend an. »Was wirst du tun?«

»Was glaubst du, daß ich tun werde?«

Dough Boy sieht ihm in die Augen. Von Mann zu Mann.

»Ich schätze, du wirst das tun, was du glaubst, tun zu müssen. Denkst du, du wirst dich nachher besser fühlen?«

Dough Boy denkt über die Frage nach.

»Ja«, sagt er dann. »Ja. Das werd ich.«

Er dreht sich um, um wegzugehen, und Furious ruft ihm nach.

»Darin.«

»Was?«

»Denk bloß an eines«, sagt Furious. »Das ist es, was sie wollen, daß du tust.«

Dough Boy hat Respekt vor Furious, und er weiß, daß das, was er sagt, vernünftig ist. Doch dies ist nicht der richtige Moment, denkt er. Nicht wenn mein Bruder eben abgeknallt worden ist. Ein Mann kann sich nicht seinen Bruder wegschießen lassen, ohne was zu unternehmen.

»Wer ist sie?« fragt er Furious. Dann dreht er sich um und geht auf den Bürgersteig zu seinem Auto.

Brandi kommt eben aus dem Bad, als Furious sein Gespräch mit Dough Boy beendet. Sie geht wieder auf Tres Zimmer zu, und an der Tür merkt sie, daß er fort ist. Sie geht so weit ins Zimmer hinein, daß sie durchs offene Fenster schauen kann, und sie sieht Tre eben in Dough Boys Impala springen.

Brandi macht auf dem Absatz kehrt und läuft ins Wohnzimmer, wo Furious eben von der Veranda hereinkommt. Er macht die Eingangstür zu und dreht sich zu ihr um, das Gesicht sorgenvoll wegen Dough Boy und dem, was er tun will. Dann treffen sich sein und Brandis Blick, und er weiß alles.

# 13

Es ist eine schreckliche Nacht, eine Nacht, in der Trauer und Wut über dem Viertel hängen wie eine dunkle Wolke. Auf der Veranda der Bakers stehen Shanice und Mrs. Baker und sehen zu, wie Rickys Leichnam zum Kombi des Leichenbeschauers gerollt wird. Die Frauen sind still. Shanice ist in dumpfes Elend versunken, und Mrs. Baker denkt daran, daß alle ihre Hoffnungen, ihrem Leben Sinn zu geben, mit Ricky dahingegangen sind. Sie denkt nicht an Dough Boy und wo er sein könnte. Sie gibt ihm nicht mehr die Schuld an Rickys Tod, doch sie hat keine Hoffnung für ihn. Es wird sich nichts ändern, und wenn er ihr durch den Kopf geht, verläßt sie jede Empfindung, und an ihrer Stelle bleibt bloß ein taubes Gefühl. Später wird sie den Umschlag mit Rickys Testergebnis aufmachen und feststellen, daß er siebenhundertzehn Punkte gemacht hat, zehn mehr als die siebenhundert, die er brauchte.

In der Zwischenzeit sitzt Furious bei sich im Wohnzimmer und knetet seine metallenen Entspannungskugeln in der Hand. Es ist Zeit zum Training, doch irgendwie hat er heute abend nicht das Herz dafür, an den Gewichten zu arbeiten. Er überlegt, was er Tres Mutter erzählen soll, wenn irgendwas passiert.

»Verdammt«, murmelt er leise und fragt sich, wo Tre ist. »Verdammt.«

Tre ist in Dough Boys Wagen auf dem Weg über den Crenshaw Boulevard. Dough Boy und Dooky suchen die Nacht ab, ihre Augen gehen ständig hin und her und halten Ausschau nach dem roten Hyundai. Monster bereitet das Gerät vor und lädt ein AK 47-Sturmgewehr. Tre schaut auf Monster und seine Hände, die sich in aller Selbstverständlichkeit an dem Gewehr zu schaffen machen, und dann schaut er auf Dough Boy, der den Blick schnurgeradeaus gerichtet hält. Tre ist in Gedanken versunken. Er muß immer daran denken, wie Furious mit Ricky und ihm durch Compton fuhr und an seine Worte an diesem Tag. Tre malt sich seinen Zorn und seine Enttäuschung aus.

Plötzlich ruft er nach vorn zu Dough Boy:

»Laß mich raus.«

Alle sehen Tre an. Sein Blick trifft auf den von Dough Boy, und der Wagen hält reifenschlitternd. Ohne ein Wort steigt Tre aus und läuft zur nahe gelegenen Bushaltestelle, während Dough Boy wieder losfährt.

Er findet Ferris eine ganze Weile nicht, so daß Dooky schon vorschlägt, was zu essen zu besorgen; dann endlich sieht er den roten Hyundai, auf dem Parkplatz einer Hamburger-Bude.

Ferris und seine beiden Tiefflieger lassen es sich gutgehen, quatschen und lachen. Es gibt was zu feiern. Dough Boys Wagen schleicht sich langsam an, und sie sehen ihn nicht, bis der Impala auf kürzeste Schußdistanz heran ist. Sie wenden sich zur Flucht, doch es ist zu spät. Monster beugt sich heraus und belegt sie mit einer Garbe aus dem AK 47, und sie gehen verwundet zu Boden.

Dough Boy springt mit seiner 45er in der Hand aus dem Wagen und geht geradewegs auf sie zu. Die angeschossenen Tiefflieger krabbeln und rudern mit den Armen bei ihren Versuchen wegzukommen. Dough Boy gibt ihnen im Vorbeigehen sorgfältig den Fangschuß. Als er Ferris erreicht, tritt Dough Boy ihn heftig in den Arsch.

»Steh auf, Motherfucker«, sagt Dough Boy und tritt ihn noch einmal. Er ist halb in Tränen. »Dreh deinen Mistarsch um.«

Ferris dreht sich um. Er ist halb hinüber vor Schmerz und

Todesangst und fleht Dough Boy an und rotzt ihm gleichzeitig seinen Trotz entgegen.

»Bitte. Bitte«, schluchzt er. »Bitte. Ich hab nich abgedrückt. Geh scheißen. Ach, geh doch scheißen, du.«

Dough Boy erschießt ihn aus kürzester Entfernung. Er leert das ganze Magazin auf Ferris aus und starrt ihn dabei unverwandt an. Dann steht er da und stiert.

Im Impala können Monster und Dooky schon die Polizeisirenen hören, und sie drehen fast durch vor Nervosität und Angst. »Verdammt, ich hab noch Bewährung, das is echt 'n Beschiß«, sagt Monster.

»Komm schon, Mann. Komm schon. Machen wir, daß wir wegkommen«, rufen Dooky und Monster, während Dough Boy reglos dasteht und auf Ferris' Leiche starrt. Endlich dreht er sich um, rennt zum Wagen und springt hinein. Er bewegt sich mit der üblichen Geschwindigkeit, doch in seinen Augen liegt ein leerer, toter Blick.

»Fahren wir«, sagt Monster. Dough Boy dreht am Lenkrad, und sie brausen aus dem Parkplatz.

# 19

Vor Brandis Haus bleibt Tre kurz stehen. Die letzten zwölf Stunden lang hat er einen Alptraum durchlebt, und jetzt ist er aufgewacht und will Brandi sehen, um ihr die Beruhigung zu geben, daß er ganz in Ordnung ist. Ganz der alte Tre. Doch während er noch hinsieht, geht das Licht aus. Brandis Mutter wird wohl zu Bett gegangen sein, also schüttelt er den Kopf und geht weiter. Er kann ja anrufen. Etwas ganz anderes wird es sein, Furious entgegenzutreten, und vor dem Garten wird er langsamer, zaudert fast hineinzugehen. Dann bietet er alle Energie auf, geht durch den Garten, die Treppe hoch und hinein.

Er fühlt sich komisch, als er sich im Wohnzimmer umsieht. Es ist, als wäre er so lange weggewesen, daß alles sich verändert hat, unvertraut geworden ist, und er steht da und schaut sich im Haus um, als wäre er wirklich lange fortgewesen. Wie er so dasteht, kommt Furious in den Flur, sieht Tre und atmet erleichtert auf. Dann fällt ihm sein Zorn wieder ein und wie sehr er mißbilligt, was der Junge getan hat, und er dreht sich wortlos um, geht in sein Zimmer und schlägt die Tür zu.

Tre schaut auf die geschlossene Tür. Er will erklären, sich entschuldigen, Furious' Enttäuschung abwenden. Statt dessen geht er in sein Zimmer und legt sich aufs Bett.

# 20

Am nächsten Morgen sitzt Tre auf der Veranda und ißt einen Granatapfel. Er sieht zu Mrs. Bakers Haus hinüber und denkt an die Ereignisse des gestrigen Tages. Er kann kaum glauben, daß Ricky tot ist, und in Gedanken hat er ein Spiel gespielt und sich das Gestern weggewünscht, als wäre es ein Alptraum, aus dem er eben erwacht ist.

Gegenüber kommt Dough Boy heraus und setzt sich auf die Veranda. Er hat eine Literflasche Bier in der Hand und trinkt schluckweise daraus. Als er Tre sieht, steht er auf und geht langsam hinüber. Dabei kommt ein magerer Junkie auf ihn zu und will ein bißchen Crack. Ohne stehenzubleiben, wickelt Dough Boy das Geschäft ab, steckt das Geld in die Tasche und geht weiter in Tres Garten. Er kommt zu ihm auf die Veranda und setzt sich wortlos hin. Tre sieht ihn an und nickt, doch auch er sagt nichts. Es ist so, als gäbe es zuviel zu sagen.

Schließlich ist es Dough Boy, der das Schweigen bricht.

»Weißt ja, wie er früher den ganzen Tag mit dem Ball die Straße langgerannt ist. Vierundzwanzig, sieben, dreisechsnull... Morgen is das Begräbnis. Meine Mama will, daß du 'n paar Worte sagst, wo ihr doch so dicke Freunde wart.«

Seine Stimme kommt ins Stocken, dann sieht er sich um und fängt wieder an.

»Weißt du, das is seit langer Zeit das erste Mal, daß ich früh auf bin. Heute morgen hab ich 'n Fernseher angedreht, 's waren grade Nachrichten, da brachten sie diese Sache von wegen leben in einer Welt der Gewalt, weißt schon. Ham die ganzen Bilder aus'm Ausland gezeigt, weißt schon, wo die Ausländer leben und all so was?«

Zum ersten Mal rührt sich Tre. Er sieht sich nach Dough Boy um.

»Du meinst so wie im Libanon und in Israel, im Nahen Osten?«

»Ja, der ganze Scheiß«, sagt Dough Boy. »Und, weißte, ich fing an nachzudenken. Entweder sie wissen's nich, oder sie zeigen's nich, oder es is ihnen egal, was in 'nem Viertel wie bei uns los ist. Dafür ham sie bloß diesen Scheiß aus'm Ausland. Über mein Bruder ham sie nischt gebracht.«

Tre fällt ein, daß der Gedanke auch von seinem Vater stammen könnte, doch er sagt nichts. Dough Boy fängt an zu weinen. Alle angestaute Wut und aller Schmerz rinnen ihm aus den Augen. Tre legt ihm die Hand auf die Schulter und gibt ihm seine benutzte Serviette, rot befleckt vom Granatapfelsaft. Dough Boy wischt sich langsam die Augen.

»Jetzt hab ich nich ma mehr 'n Bruder«, sagt er. »'ne Mama hab ich auch nich. Sie hat den Blödmann sowieso immer lieber gehabt. Scheiße.«

Unvermittelt muß Tre an die drei Menschen denken, deren Liebe er sich sicher sein kann, und es geht ihm durch den Kopf, wie schrecklich es wäre, wenn sie nie Teil seines Lebens gewesen wären.

Genau in dem Moment ruft die cracksüchtige Sheryl vom Bürgersteig nach Dough Boy. Sie hat ihn von der Straße beobachtet, und jetzt wagt sie sich in den Vorgarten hinein, verzweifelt.

»Haste 'n bißchen Koks?«

»Nee, Schlampe«, sagt Dough Boy und scheucht sie mit einer Handbewegung weg. »Und halt das Baby von der Scheißstraße weg. Scheiße.«

»Gestern hab ich die ganze Nacht geweint«, sagt Tre. »Hab so sehr geweint, daß es fast so ist, wie wenn keine Tränen mehr über wären. Verstehste?«

Dough Boy wirft ihm einen ernsten Blick zu. Seine Stimme ist mitfühlend.

»Weißte, Kumpel«, sagt er. »Ich versteh, warum du letzte Nacht ausgestiegen bist. Hättest von Anfang an nich dabeisein sollen. Du wirst weiterkommen und all das. Ich will nich, daß der Scheiß dir ewig nachhängt.«

Tre nickt. Er dreht sich um und sieht Dough Boy an.

»Habt ihr sie alle erwischt?«

Dough Boy gibt keine Antwort, sondern sieht Tre einfach an, als wäre das eine Frage, die man gar nicht erst hätte stellen müssen.

Tre nickt nüchtern.

»Ich weiß auch nich mal so recht, wie ich mich jetzt fühlen soll deswegen«, sagt Dough Boy. »'s läuft einfach weiter. Kann ja sein, daß als nächstes wer versucht, mich umzulegen. Macht aber sowieso nischt, weil einmal müssen wir alle abtreten. Trotzdem kommt mir vor, bei Ricky hat einer die falsche Uhr ablaufen lassen.«

Er schüttelt den Kopf.

»Ich muß gehen, Kumpel.«

Er steht auf, drückt Tres Hand und dreht sich um, um wegzugehen. Tre steht auch auf und läuft neben ihn, ehe er weg ist.

»Einen Bruder haste noch«, sagt er.

Dough Boy lächelt.

»Werd's mir merken«, sagt er.

# EPILOG

Dough Boy lebte noch lang genug, um zu erleben, wie sein Bruder begraben wurde. Zwei Wochen später wurde er ermordet. Tre ging aufs Moorehouse College, wo er im Hauptfach Kommunikationswissenschaft belegte und Brandi auf dem Spelman College ganz in seiner Nähe hatte.

COLUMBIA PICTURES PRÄSENTIERT

# BOYZ N THE HOOD

In den Hauptrollen Ice Cube, Cuba Gooding, Jr.,
Morris Chestnut und Larry Fishburne als Furious
Musik Stanley Clarke
Produktion Steve Nicolaides
Buch und Regie John Singleton
Im Verleih der Columbia TriStar Film

John Singleton

# Unterhaltung

**Michael Bracewell**
**Schnelle Jahre**
Roman. Band 10187

Endlich ein Zyniker auf der Szene: Der Roman über die Unmöglichkeit der Liebe und Hingabe an Menschen oder an Kunst, Literatur, Philosophie ... »... das beeindruckendste literarische Debüt Englands in den letzten Jahren.«
*Time Out*

**Daniel Asa Rose**
**Kopf oder Zahl**
Roman. Band 10121

Ein Roman, so sensibel wie die Männer. »Rose erzählt geradewegs aus seinem Herzen heraus – und das muß gefährlich nahe bei seinen Lachmuskeln liegen.«
*Publishers Weekly*

## Fischer Taschenbuch Verlag

fi 1600/1

# Jon Michelet

**Der Gürtel des Orion**
Roman. Band 10035

Tomas Jansen und seine Freunde besitzen eine Reederei. Einziges Schiff ihres Unternehmens ist der alte Fischkutter ›Sandy Hook‹. Mit Versorgungsfahrten zu den Ölbohrstationen verdienen die drei ihr Geld – allerdings auch ein bißchen mit Wilderei.
Auf einer ihrer »Jagdtouren« stoßen sie auf Militäranlagen, die dort, wos sie sich befinden, nicht sein dürften.
Ein echter Abenteuerroman in den Kulissen fern der Zivilisation.

**In letzter Sekunde**
Thriller. Band 8374

Thygesen, gescheiterter Polizist und jetzt Privatdetektiv, reist nach New York, um einen mysteriösen Doppelmord aufzuklären; gleichzeitig sucht er einen Koffer mit 500 000 Dollar. Thygesen erlebt ein New York, das ihn erschüttert und ihn beinahe das Leben kostet. Ein Thriller gegen den American Way of Life.

## Fischer Taschenbuch Verlag

fi 1362/1

# Viola Schatten

**Schweinereien passieren montags**
Kriminalroman. Band 10282

Eine Frau räumt auf – als Privatdetektivin im Großstadtdschungel Frankfurts. Die Ich-Erzählerin ist um die 30, Akademikerin mit ungewöhnlichen Hobbys, reichem erotischem Privatleben und liebevoll chaotischer Lebensführung. Viola Schatten ist ein Pseudonym.

**Dienstag war die Nacht zu kurz**
Kriminalroman. Band 10681

Eine Frau sieht rot ...
Ruth Maria von Kadell ist nun im Geschäft. Ihr zweiter Fall spielt wieder im Großstadtdschungel Frankfurts, diesmal aber zwischen den Hochhäusern der Banken, dem Milieu des Bahnhofsviertel, dem Club Voltaire und dem Büro eines Ortsverbandes ...

## Fischer Taschenbuch Verlag

fi 1363 / 2

»Valerie ist es wie wenigen vergönnt, nuancenreich und überzeugend von sexuellen Obsessionen und über abartige Verschlingungen der Menschenherzen zu schreiben.«

Margaret Atwood

# Valerie Martin

*Alexandra*
Roman
Aus dem Amerikanischen von Rose Aichele
Fischer Taschenbuch Band 10192

*Die Katze auf dem Dachboden*
und andere Stories
Aus dem Amerikanischen von Rose Aichele
Fischer Taschenbuch Band 10347

*Pfade der Besessenheit*
Roman
Aus dem Amerikanischen von Rose Aichele
Fischer Taschenbuch Band 10285

*Die Ruhelose*
Roman
Aus dem Amerikanischen von Rose Aichele
Fischer Taschenbuch Band 10200

Fischer Taschenbuch Verlag

fi 1537/1